춘잔의
계절

춘관의 계절

김선희 장편소설

|주|자음과모음

차
례

춘란의 계절
7

작가의 말
190

1

아기는 엄마 배 속에서 열 달 동안 있다가 태어난다. 엄마들은 대개 배 속에 아기가 있다는 것을 알아차린다. 하지만 그렇지 못한 엄마도 있다. 우리 엄마는 무려 열 달 동안이나 배 속에서 생명이 자라고 있는 것을 몰랐다. 배가 조금씩 불러 올 때마다 아, 살이 점점 찌고 있네. 다이어트 해야겠어, 라고 생각했다. 어떻게 그런 일이 가능하냐고 묻는다면 충분히 가능하다고 말할 수 있다. 나처럼 생리가 불규칙하거나 뭔가를 자주 깜빡하는 사람들은 모를 수 있다. 나도 몇 달 동안 생리가 안 나오면 궁금해하다가도 이내 잊어버린다. 그렇게 한 달 두 달 지내다 보면 열 달은 후딱 가 버리고 말겠지.

2

비가 억수같이 퍼붓던 어느 여름날, 엄마는 갑자기 배가 아팠다. 5교시 국어시간이었는데 국어샘은 한없이 늘어진 말투로 고전시가를 설명하고 있었다. 반 아이들 절반은 졸고 있었고 국어샘은 눈 뜨고 있는 아이들만 데리고 가겠다는 결연한 각오로 〈공무도하가〉를 읊어 댔다. 그대여, 물을 건너지 마오. 국어샘 목소리는 자장가처럼 나른해서 조는 아이가 더 많아졌다. 엄마는 도저히 참을 수가 없었다. 모기만 한 목소리로 화장실에 갔다 오겠다고 말하고 교실에서 나왔다. 엄마는 통증이 점점 더 심해져서 거의 네발로 기다시피 화장실에 갔다. 그 고통이란 마치 배에 굵고 단단한 뿌리가 가득 차서 그 뿌리가 빠른 속도로 자라 배 밖으로 뻗어 나가는 것 같았다. 거대한 용광로처럼 뜨거운 쇳물이 배 속에서 요동치는 것 같기도 했다. 엄마가 평생 경험해 보지 못했던 무시무시한 통증이었다.

온몸이 땀으로 흠뻑 젖은 엄마는 기어이 화장실 바닥에 쓰러졌다. 그런데 아래에서 뭔가 나오는 느낌이 들어 자기도 모르게 힘을 팍 줬다. 그러자 뭔가 쑤욱 하고 빠져나왔다. 내려다보니 한 아기가 차가운 화장실 바닥에서 울고 있었다. 때마침 밖에서 천둥이 쳤다. 엄마는 너무나 큰 공포에 질려 그만 기절하고 말았다.

나는 이런 드라마틱한 비밀을 안고 태어났다. 이 출생의 비밀을 누구에게 들었는지 기억이 나지 않는다. 세상에는 듣고 보지 않아도 저절로 알게 되는 것들이 수억 개쯤 된다. 아마 내 출생의 비밀도 그중 하나가 아닐까?

3

내가 아주 어렸을 때 아빠한테 물어본 적이 있다.
"아빠."
"응?"
"난 왜 엄마가 없어?"
아빠가 당연하다는 듯이 말했다.
"아빠가 널 낳았으니까."
아빠가 휴대폰으로 한 영상을 보여 주었다. 물속에 이상하게 생긴 생명체가 꼿꼿하게 서 있었는데 물고기 같기도 하고 장난감 같기도 했다. 그 생명체가 배에 힘을 퍽, 하고 주니까 배에서 새끼손톱만 한 작은 새끼들이 숨풍숨풍 튀어나왔다. 새끼들은 금세 물속을 헤엄쳐 다녔다.
"이게 해마라는 동물인데 해마는 아빠가 임신을 하고 새끼를 낳아."
아빠 말은 사실이었다. 해마는 엄마가 아빠 배 속에 알을 넣고 떠나면 아빠가 새끼를 낳고 기른다. 초등학교에 들어간 뒤에 남자사람은 아기를 낳을 수 없다는 것을 알게 됐는데도 엄마에 대해 묻지 않았다. 아빠가 말하고 싶지 않구나, 하고 생각하니 더는 궁금하지도 않았다.

4

그렇다면 폭우가 쏟아지던 날 학교 화장실 바닥에서 태어난 사건은 어떻게 된 걸까? 그건 어디까지나 내 기억 속에 있는 비밀이다. 솔직히 나도 내 기억이라는 것을 믿지 못한다. 과거를 생각하면 그게 과연 진짜인지 가짜인지, 실제 일어났던 일인지 아니면 내가 만들어 낸 기억인지 잘 구분이 가지 않는다. 다섯 살 때의 기억이 바로 어제처럼 느껴지기도 하고, 어제의 기억이 10여 년 전의 먼 과거처럼 느껴지기도 한다. 현재와 과거, 대과거가 내 기억 속에서 마구 뒤섞여 있다. 대과거가 현재가 되기도 하고 현재가 근미래가 된 것 같기도 하다. 사람은 필요에 의해 기억을 조작하기도 하고 때로는 기억을 왜곡하기도 한다. 똑같은 상황에서 두 사람의 기억이 다른 것도 기억을 자기가 유리한 대로 선택 혹은 조작하기 때문이 아닐까?

5

 여덟 살이 되기 진까지 나는 잘 웃는 아이였다. 어린이집에서는 내가 방긋방긋 잘 웃는다며 선생님들이 나를 '방실이'라고 불렀을 정도였다. 내가 잘 웃게 된 건 아빠 덕분이었다.

 아빠는 아침마다 내 머리를 묶어 줬다. 머리 모양은 매일 바뀌었다. 기본 포니테일에서 여러 스타일로 변형이 됐다. 아빠는 점점 머리 묶는 실력이 늘어 갔다. 하트 모양으로 머리를 땋기도 했고 수십 갈래로 땋아 레게머리도 만들었고 땋은 머리로 강아지 모양도 만들었다. 거울로 본 내 머리는 내가 봐도 정말 신기하고 예뻤다. 그때는 몰랐지만 나중에 생각하니 그것이 나를 사랑하는 아빠의 방식이었다. 아빠는 엄마가 없는 나에게 엄마 몫까지 사랑을 듬뿍 주고 싶었는데 방법을 몰랐다. 그래서 내 머리에 최선을 다해서 사랑을 표현했던 거다. 내 머리 스타일은 기하학적으로 혹은 엘레강스하거나 심지어 그로테스크하게 변했다. 아빠는 내 머리로 예술을 하고 있었다.

 어린이집에 가면 아이들이 내 머리를 구경하려고 몰려들었다. 여자아이들은 내 머리 모양을 보고 부러워했다. 나하고 친구가 되려고 사탕이나 젤리를 몰래 주는 아이들도 있었다.

 내 인생에서 가장 행복한 시절을 말하라고 하면 바로 그때였다고 할 수 있다. 매일 아침이 기다려졌고 어린이집에 가는 게 굉장히 즐겁고 행복했다.

초등학교에 입학하면서 그 행복이 깨졌다. 내 짝 때문이었다. 얼굴이 작고 동그랗고 귀엽게 생긴 짝과는 껌딱지처럼 붙어 다녔다. 2학기에 접어들던 어느 날 짝이 훌쩍훌쩍 울었다. 나는 짝을 위로했다. 왜 그래? 울지 마, 응? 짝은 나에게 아빠 엄마가 이혼하게 될 거라고 고백했다. 짝을 위로하기 위해 나는 엄마가 없고 아빠만 있다고 말했다. 짝은 눈물이 그렁그렁한 눈으로 나를 보며 말했다. 정말? 너 너무 불쌍하다.

일주일도 안 되어 교실에 내가 엄마 없는 아이라는 소문이 쫙 퍼졌다. 남자아이들이 에미 없는 아이라고 놀렸다. 처음에 '에미'라는 단어의 의미를 몰랐다. 왜 에미가 없는 게 놀림의 대상이 되어야 하는지도.

처음에는 나를 위로하던 짝도 다른 여자아이들과 함께 나를 괴롭혔다. 나를 마치 더러운 쓰레기 보듯 경멸에 가득 찬 눈으로 봤다. 남자아이들이 이유도 없이 나를 툭툭 치고 지나가도, 여자아이들이 내 학용품을 쓰레기통에 처박아도, 아빠가 땋아 준 머리카락을 잡아당겨도 아무 대응을 할 수 없었다. 내가 용서받을 수 없는 큰 잘못을 저지른 것 같은 기분이었다.

어린이집에 다닐 때 여자아이들에게 선망의 대상이었던 내 헤어스타일은 이제 온갖 저주의 대상이 되고 말았다. 여자아이들은 내 머리를 놀리기 시작했다. 우스꽝스럽다, 촌스럽다, 지가 공주인 줄 안다는 등의 말이 내 귀에 들려왔다.

  나는 내 헤어스타일이 싫었지만 아빠가 즐거워하는 것 같아서 아침마다 머리를 아빠에게 맡겼다. 그리고 학교 가는 동안 땋은 머리를 다 풀었다. 학교에 도착할 때쯤 나는 언제나 실험을 망친 박사처럼 폭탄머리였다. 이번에는 더 놀림받았다. 머리에 폭탄을 이고 다니는 아이, 에미 없는 아이, 놀리거나 때려도 되는 아이, 괴롭혀도 찍소리도 못 하는 아이. 그게 바로 나였다.

6

  삶은 아래에서 위로 수직이동하는 게 아니라 옆에서 옆으로 수평이동한다는 것을 중학교에 들어가서야 알았다. 초등학교 때 아이들이 그대로 중학교에 올라갔다. 어딜 봐도 아는 아이들이었다. 그래서 중학교 때도 초등학교 때와 똑같이 외톨이였다. 단지 달라진 게 있다면 아이들이 더는 나를 괴롭히지 않는다는 점이었다. 나처럼 하찮은 인간을 괴롭히기에는 그들의 관심사가 너무 많아졌다.

  중학교에 올라가자 아빠가 더는 내 머리에 손을 대지 않았다. 자라는 대로 내버려 뒀더니 머리는 허리까지 내려왔다.

  친구가 없으면 좋은 점도 있었다. 공부를 잘하게 된다는 점이

다. 중학교에 올라가서 처음 치른 시험에서 반에서 1등을 했다. 쉬는 시간에도 할 게 없어 공부를 하거나 책을 읽었으니, 성적이 좋을 수밖에 없었다. 재수 없게 들릴지도 모르겠지만 나에게는 세상에서 친구를 사귀는 게 가장 어려웠고 공부가 가장 쉬웠다.

  일부러 다이어트를 하지 않아도 살이 찌지 않는다는 장점도 있었다. 점심시간이 되면 다들 무리를 지어 급식실에 내려갔다. 학기 초에는 나도 몇 번 급식실에 내려가서 점심을 먹었다. 그러나 급식실 분위기를 견디기 힘들었다. 나처럼 혼자인 아이는 없었다. 둘이나 셋, 많으면 무리를 지어 앉아서 먹었다. 혼자 식판에 밥을 담아 혼자 의자에 앉아 혼자 먹는다는 건 수많은 시선을 견뎌야 한다는 것을 의미했다. 사실인지 아닌지 모르겠지만 어쨌든 모든 아이가 나만 쳐다보는 것 같았다. 밥이 목구멍에 걸려 넘어가지 않았다. 그 후로는 도시락을 싸 와서 화장실에 들어가 문을 잠그고 변기에 앉아 혼자 먹었다. 밥맛이 있을 리가 없었다. 그래서 나중에는 아예 굶기로 작정했다. 점심시간에 혼자 교실에 남아 있거나 도서관에 가서 책을 읽었다. 계속 굶으니 나중에는 배고픔도 느껴지지 않았다.

7

 2학년 2학기 어느 날 점심시간. 급식실에 갔던 아이들이 점심을 먹고 교실로 들어왔다. 조용하던 교실이 시끌벅적해졌다. 그런데 내 앞자리에 앉아 있던 김도희가 내 귀에도 들릴 정도로 큰 소리로 말했다.

 "난 눈으로 안 보고도 남자 거시기 길이를 알 수 있어."

 김도희는 관종이었다. 어떻게 해서든 자신의 존재감을 높이기 위해 매번 이상한 짓을 했다. 한번은 학교에 거북이를 가져와 이 거북이가 오늘 오백열다섯 살 생일이라며 증조할아버지의 할아버지의 할아버지 때부터 기르던 영험한 동물이라고 했다. 소원을 빌면 들어준다는 말에 아이들이 줄을 서서 차례로 책상 위에 있는 거북이에게 두 손 모아 빌었다. 심지어 절을 하는 아이도 있었다. 어떤 아이는 김도희에게 먹고 있던 과자를 공손히 바치기도 했다. 쉬는 시간마다 아이들이 김도희 주변으로 몰려들었다. 심지어는 소문을 들은 다른 반 아이들까지 우리 교실로 왔다. 수업 시간에 거북이가 탈출하는 바람에 교실 안이 한바탕 난리가 나면서 이 광적인 사건은 끝이 났다. 거북이는 수업이 끝날 때까지 압수당했다. 선생님은 초딩도 유치해서 안 하는 짓을 한다며 어이없어했다.

 '거시기'라는 단어가 몰고 온 파장은 엄청났다. 교실 안이 갑자기 용광로가 됐다. 여자아이들이 김도희 자리로 몰려왔다. 김도희는 세상의 모든 이치를 깨닫기라도 한 듯한 표정으로 말했다.

"남자들 엄지손가락을 두 개 합치면 그 길이야."

그렇지 않아도 에너지가 폭발 직전인 아이들이 함성을 질렀다.

"정말?"

"와, 대박."

그러자 한 아이가 시니컬한 표정으로 내뱉었다.

"뻥치시네."

김도희는 이 엄청난 진실을 어떻게 증명해야 될지 모르겠다는 안타까운 표정으로 두리번거렸다. 그때 뒷문이 열렸다. 아이들이 일제히 그쪽으로 고개를 들렸다. 하필이면 '강게이'가 들어왔다.

강게이의 본명은 강태승. 강태승도 나처럼 외톨이였다. 우리 반에 여자 외톨이는 내가 맡고 있었고 남자 외톨이는 강태승이 맡고 있었다. 우리는 둘 다 같은 처지이면서 한 번도 말을 나누거나 눈빛조차 마주친 적이 없었다. 강태승이 나하고 다른 점은 그는 폭력과 괴롭힘도 당한다는 거였다. 괴롭힘을 당하는 이유는 단 하나, 강태승은 화장을 하고 다녔다.

여자아이들 중에는 화장하고 다니는 아이가 꽤 있었다. 풀메이크업을 하고 다니는 아이들은 종종 단속의 대상이 됐지만 비비크림을 바르고 옅은 색 립글로스를 바르는 정도는 선생님들도 어느 정도 허용해 주었다. 남자아이들 중에서 화장하는 아이는 없었다.

물론 여드름을 가리기 위해 비비크림을 살짝 바르는 건 예외로 하고.

강태승은 완벽한 색조 화장을 하고 다녔다. 눈썹을 가지런히 정리하고 아이섀도와 립스틱을 발랐다. 보일락 말락 연하게 하는 게 아니라 누가 봐도 "나 화장했어요" 할 정도로 진했다. 아마 내 추측으로는 중학교에 입학하자마자 화장을 시작한 것 같았다. 1학년 때도 가끔씩 마주칠 때마다 신기하게 훔쳐본 적이 있으니까.

일진들이 그런 강태승을 그냥 놔둘 리가 없었다.

중학생이 된 3월부터 교실에서는 주도권 싸움으로 피가 낭자했다. 일단 패권을 잡은 무리는 교실을 장악했는데, 우리 학년 신흥 일진짱은 서지우라는 아이였다. 서지우는 주먹으로 복도 유리창을 깬 뒤 그 조각을 들고 "다 덤벼 새끼들아" 하고 소리친 다음 일진짱을 먹었다. 초등학교 때 어떻게 놀면 중학교 1학년짜리 눈에 저런 살기가 도는지, 불가사의한 눈빛을 한 아이였다.

짱이 되면 패거리를 거느리게 된다. 서지우는 주먹깨나 쓰고 놀기 좋아하는 남자아이를 하나둘 포섭해서 부하로 만들었다. 네다섯 명의 껄렁껄렁한 아이들이 서지우의 패거리가 됐다. 패거리는 서지우만큼은 아니어도 각자의 반에서 짱 노릇을 했다.

서지우 패거리가 제물로 삼은 아이가 바로 강태승이었다. 강태승은 서지우 밥이었다. 복도에서 서지우에게 맞고 있는 강태승을 자주 볼 수 있었다. 구석에 강태승을 몰아넣고 뺨을 때리거나 정강이를 걷어찼다. 강태승이 쓰러지면 패거리가 일으켜 세웠고 서지우는 샌드백 치듯 주먹을 날렸다.

'강게이'라는 별명도 서지우가 지은 것이다. 서지우는 강태승 이름을 한 번도 부른 적이 없었다. "야, 게이새끼"라고 부르거나 "어이, 강게이"라고 불렀다. 전교생이 서지우를 따라서 강태승을 강게이라고 불렀다. 강태승이 지나가면 다 들릴 정도로.

"강게이, 오늘 밤무대 나가냐?" 하고 놀렸다.

함부로 대해도 되는 아이. 아무리 괴롭혀도 아무런 저항도 못하는 아이. 강태승은 묘하게도 초등학교 때의 내 모습과 겹쳤다.

하루는 강태승이 교복에 김칫물을 잔뜩 묻히고 들어왔다. 아무리 봐도 실수로 흘린 게 아니라 누군가 일부러 김치를 퍼부은 것 같았다. 서지우는 먹기 싫은 반찬이 나오면 약한 아이들한테 무차별적으로 던졌다. 특히 깍두기나 김치같이 흰 교복에 묻으면 치명적인 반찬들을.

김도희와 여자아이들은 자리에 가서 앉는 강태승을 뚫어져라 쳐다보았다. 강태승이 물티슈로 교복에 묻은 김칫물을 닦아 냈지만 지워지지 않았다. 고춧가루가 스민 물이 흰색 교복에 주황색 얼룩을 만들어 놓았다.

한참 동안 강태승을 보던 김도희가 고개를 돌려 아이들에게 수근거렸다.

"십센티."

교실 안이 아수라장이 됐다. 여자아이들이 책상을 치고 비명을 지르고 미친 듯이 웃어 댔다. 강태승에게 '십센티'라는 새로운 별명이 추가되는 순간이었다. 그날 이후 여자아이들은 강태승을 십센티라고 불렀다.

8

서지우 패거리는 점점 세력을 확장했고 더욱 강해졌다. 그들은 브레이크 없이 질주하는 폭주 트럭이었다. 아이들에게 돈을 뜯었고 자기를 노려본다고 주먹을 날렸다. 기분 나쁜 날에는 이유 없이 지나가는 아이들에게 가래침을 뱉었다.

그들은 일진이 할 수 있는 모든 악행을 저질렀다. 마치 일진의 교과서 같았다. 아무도 그들을 제지하지 못했다. 대부분 겁에 질려 입을 다물었고 가끔 폭력 쓰는 장면을 목격한 선생님들은 영혼 없이 주의만 주었다. 경찰이나 부모님, 선생님 들에게 일러바쳤을 때는 끔찍한 보복이 기다리고 있었다. 보복 행위는 괴롭힘의 몇 배로 강도가 셌기 때문에 그 누구도 학폭이라는 말을 입 밖으로 낼 수 없었다.

다행인지 불행인지 나는 서지우 패거리에게 당하지 않았다. 서지우에게 나 같은 하찮은 존재는 건드릴 가치조차 없어서인지도 모르겠지만.

  3학년이 되자 서지우의 힘은 무서울 정도로 커졌고 그의 악행은 점점 흉폭한 어른을 닮아 가고 있었다. 그는 가방에 칼을 갖고 다니면서 누구든 걸리기만 하면 가만두지 않을 거라고 위협했다.

9

  싱글인 아빠는 끊임없이 연애를 했다. 피가 들끓는 나이였으므로 충분히 그럴 수 있다고 이해했다. 아빠는 태생적으로 그늘이라고는 없는 사람처럼 밝았다. 연애는 아빠를 더 밝고 유쾌하게 만들었다. 아빠는 연애 상대를 만날 때마다 무슨 의무라도 되는 것처럼 나에게 일일이 보고를 했다. 그때마다 아빠의 여자를 머릿속으로 상상했다. 그동안 사귀었던 일곱 명의 여자가 내 머릿속에서 나타났다 지워졌다.

  내가 아는 아빠의 연애 패턴은 언제나 비슷했다. 기념일을 꼬박꼬박 챙기고 사소한 것에도 상대의 의견을 따르고 평소에 상대가 좋아할 만한 요소들을 기억해서 배우고 익혔다가 그대로 행동했다. 그렇다고 무작정 상대에게 모든 걸 맞추는 스타일은 아니었다. 밀고 당기기도 잘했다. 한마디로 아빠는 연애 박사였다.

  그때까지 했던 모든 연애가 아빠에게는 진심이었다. 아빠는 만

나는 모든 여자들을 열렬히 사랑했고, 그 사랑이 끝난 뒤에는 깔끔하게 정리했다. 정말이지 쿨한 사랑이었다. 나는 아빠가 그 여자들을 진심으로 사랑했다는 것을 믿는다. 쿨하게 끝냈다고 진심마저 의심해서는 안 된다.

아빠가 여덟 번째 여자 친구를 집으로 데리고 와도 되느냐고 물었을 때 갑자기 내 머릿속 회로가 고장 난 느낌이었다. 지금까지 일정한 패턴을 그리며 돌던 회로가 사방으로 돌면서 머릿속이 뒤죽박죽이 됐다.

아빠가 드디어 영혼의 단짝 같은 여자를 만났다고 했을 때도 조만간 그 연애가 끝날 거라고 생각했다. 그러나 내 예감은 빗나갔다. 아빠의 연애는 일곱 번에서 끝났고 여덟 번째 연애의 끝은 결혼이었다.

아빠답지 않게 꽤 진지했다.

"이제 사랑이 완성될 때가 됐어."

"사랑의 완성이 결혼이야?"

아빠가 심각한 표정으로 말했다.

"응. 나한텐 그래."

아빠는 사랑의 완성이 결혼이라고 철석같이 믿었지만 나는 그 말을 믿지 않았다. 아빠에게 묻고 싶었다. 그럼 친엄마와의 사랑은 미완성이었나? 그래서 헤어진 건가? 친엄마와의 사랑이 미완성이라면 난 왜 태어난 거지? 난 미완성의 산물인 건가?

도무지 아빠가 내린 사랑의 정의를 이해할 수가 없었다.

10

여자 친구를 초대한 날, 아빠는 아침부터 무척이나 들떠 있었다. 깔끔한 하늘색 폴로셔츠에 흰색 진을 입고 머리에는 무스를 발라 상큼해 보였다. 깔끔한 남친룩의 완성이랄까. 나이보다 훨씬 젊어 보였다.

평소에는 시장에서 사 온 반찬이나 삼겹살을 잔뜩 사다 놓고 구워 주는 게 고작이었는데 그날은 요리를 했다. 아빠가 준비한 요리는 마늘을 잔뜩 넣은 감바스와 봉골레 스파게티였다.

요리를 위해 아빠는 유튜브를 수없이 들여다보고 연습했다. 집에는 저녁마다 느끼한 버터 향과 올리브유에 마늘 굽는 냄새가 진동했다.

아빠가 여덟 번째 여자 친구 이야기를 해 줄 때는 다른 때와 조금 달랐다. 그 사람한테 다섯 살 난 딸이 하나 있어. 유담이라고 하는데 정말 사랑스러운 아이야. 너 어릴 때 보는 것 같아. 너도 무척 사랑스러운 아이였거든. 잘 웃고 엉뚱하고 나이답지 않게 속이 깊은 아이였지. 그 얘기를 할 때 아빠 눈빛이 촉촉해졌다.

유담이 아빠는 유담이가 태어난 지 석 달 만에 교통사고로 죽었다고 했다. 3교대로 근무했는데 새벽에 일을 끝내고 돌아오는 길에 음주운전 차에 치였다고 한다. 우리 친엄마 얘기는 한 번도 해 준 적이 없으면서 얼굴도 모르는 여자의 남편 얘기를 해 주는 아빠에게 배신감을 느꼈지만 아무렇지 않은 척했다. 질투를 하는 건 후지니까. 난 얼마든지 아빠의 결혼을 축하해 주고 새 식구를 받아들이는 쿨한 딸로 보이고 싶었다.

아빠가 요리를 하는 동안 나는 집 안 대청소를 했다. 내가 태어나서 지금까지 살아온 이 집은 지은 지 40년도 더 된 낡은 빌라 2층이다. 계단에는 오랫동안 청소를 하지 않아 검은 먼지가 켜켜로 쌓여 있고 겨울에는 수도가 동파돼서 계단이 온통 얼음 성벽이 되기도 한다. 삐거덕거리는 낡은 문짝, 이가 빠진 그릇들, 때가 낀 플라스틱 조리 도구들, 누렇게 변색된 벽지와 문짝이 흔들거리는 싱크대까지…… 누추하기 짝이 없는 집이다. 아무리 청소해도 티가 나지 않았지만 나는 그런대로 열심히 청소했다. 옷가지는 옷장 안에 구겨 넣었고 여기저기 굴러다니는 물건들을 치웠다. 방바닥을 물걸레로 닦고 창문까지 반짝반짝 닦았다. 우리 집에 오는 첫 손님이자 아빠의 마지막 여자를 맞이하기 위해 최대한 깨끗이 청소했다.

12시쯤 초인종이 울렸다. 아빠가 잔뜩 긴장한 채 문을 열었다. 단발머리에 자잘한 꽃무늬가 그려진 연한 살구색 원피스를 입은 여자가 들어왔고 그 뒤를 한 아이가 따라 들어왔다. 여자의 첫인상은 착해 보였다. 지고지순한 순종형까지는 아니어도 적어도 바가지를 박박 긁을 것 같은 인상은 아니었다. 대형마트 혹은 프랜차이즈 커피숍에서 흔히 볼 수 있는 평범한 얼굴이었다. 아빠가 저렇게 평범하면서 복스러운 외모의 여자를 좋아한다는 것이 조금은 놀랍고 신기했다. 지금까지 내가 상상했던 아빠의 여자들하고는 어딘지 모르게 비슷하면서도 달랐다.

여자가 데리고 온 아이는 다섯 살이나 여섯 살쯤 돼 보였는데 커다란 눈망울과 도톰하고 빨간 입술을 한 귀여운 여자아이였다. 아이는 집에 들어오자마자 이곳저곳 구경하러 돌아다녔다. 여자가 잡다 소파에 앉혀 놔도 어느새 다람쥐처럼 쪼르르 여기저기 뛰어다녔다. 오랫동안 평온했던 내 아지트가 적군에게 점령당한 기분이었다.

아빠가 여자를 나에게 소개하자 여자는 손을 내밀었다.

"서영주예요. 만나고 싶었어요."

얼떨결에 그 손을 잡았다. 작고 부드럽고 따뜻한 손이었다.

상상만 했던 소설 속의 인물을 실제로 만나는 기분이었다. 내가 결혼할 상대는 아니었지만 어쩌면 평생 가족으로 함께 살아야 할지도 모를 사람이었다. 여전히 뭐라고 표현하기 어려운 이상한 기분.

"언니. 난 유담이야, 김유담."

여자아이가 미리 교육받았는지 손을 내밀며 인사했다. 어쩐지 유담이라는 이름이 그 아이와 잘 어울린다고 생각했다. 나는 유담이에게 내가 어렸을 때 가지고 놀았던 미미인형을 주었다. 유담이는 두 눈을 동그랗게 뜨고 손뼉을 치며 좋아했다. 감정 표현이 풍부한 아이였다.

아빠는 아침부터 준비한 요리를 식탁 위에 차렸다. 여자가 함께 도왔는데, 그 모습이 오래된 부부처럼 익숙해 보였다. 마치 두 사람이 어딘가에서 살다 온 것처럼. 이제 아빠를 보낼 때가 된 건가. 마음 한쪽이 씁쓸해졌다.

다른 사람은 몰라도 나는 식사 자리가 어색했다. 아빠는 분위기를 띄우기 위해 필요 이상으로 오버를 했다. 목소리가 한 톤 올라갔고 맥락 없는 아재 개그를 던져서 그렇지 않아도 어색한 자리를 더 어색하게 만들었다.

아빠가 유담이를 유난히 좋아하는 게 보였다. 대각선으로 앉은 유담이에게 스파게티를 덜어 주고 새우 껍질을 까 주고 조갯살을 떼어 유담이 접시에 놓아 주었다.

세 사람은 처음부터 가족 같았다. 왠지 내가 화목한 가족의 식사 자리에 낀 불청객 같았달까? 여자와 유담이를 바라보는 아빠의 눈빛은 버터처럼 녹아내릴 것 같았다. 옆에 앉아 있는 딸은 눈에도 안 보이는 것 같았다. 갑자기 질투가 끓어올랐다.

아빠는 내 출생의 비밀을 고백했을까? 천둥이 치는 어느 여름

날, 학교 화장실 바닥에서 나를 낳고 기절한 내 친엄마 말이다. 결혼할 사이라면 비밀이 없어야겠지. 여자가 전남편 이야기를 했던 것처럼.

"우리 엄마는 학교 화장실에서 날 낳았어요."

왜 그 말이 툭 튀어나왔는지 모르겠다. 그때의 대화는 유담이가 화제였다. 유담이가 그림을 잘 그린다는 것, 피아노를 시작했다는 것, 아무래도 예술에 재능이 있는 것 같다는 얘기가 물처럼 자연스럽게 흘러가고 있었다.

아빠와 여자가 깜짝 놀라 나를 쳐다봤다. 아빠 얼굴이 굳어졌다. 아빠가 내 옆구리를 툭 쳤다.

"그게 무, 무슨 말이야, 춘란아."

궤도를 이탈한 별은 스스로의 힘이 아닌, 중력에 의해 떨어진다. 떨어지는 가속도까지 붙어서 더 빠르게. 나는 제멋대로 지껄였다.

"엄마는 고등학생이었어요. 한순간의 불장난이 비극을 잉태한 거죠."

"누가 그래?"

아빠 이마가 땀으로 번들거렸다. 나는 아빠 말을 무시했다.

"전 친엄마 얼굴을 한 번도 본 적이 없어요. 그날 이후로 엄마는 감쪽같이 사라졌거든요. 제 생각에는 남태평양에 있는 한 리조트에서 수영장을 청소하는 관리인이 돼 있을 거 같아요."

여자가 고요한 눈빛으로 나를 바라보았다. 나는 그런 눈빛의 정체를 알고 있다. 학교 선생님들이 나를 보던 눈빛. 넌 불쌍한 아이야, 널 동정해, 넌 보호받아야 해, 라고 말하고 있지만 그 내면에는 자기 우월감으로 가득한, 역겨운.

"우리 엄마는 남태평양을 좋아했거든요."

어디까지가 진실이고 어디까지가 거짓인지는 중요하지 않았다. 어차피 내가 모르거나 이미 지나간 과거는 모두 진실이 아니다. 도대체 과거 따위가 어떻게 진실이 될 수 있단 말인가. 종이 한 장만큼의 무게도 없는데. 진실은 지금 현재 나에게는 친엄마가 없다는 것이다. 그것보다 더 강력한 무게의 진실은 없다.

일종의 상견례는 엉망이 되었다. 아빠는 화가 잔뜩 났고 나는 내 방으로 들어가 문을 걸어 잠갔다.

며칠 뒤, 아빠가 일찍 퇴근해서 집으로 돌아왔다. 그날 이후 아빠와는 냉전 중이었으므로 나는 아빠를 무시하고 내 방으로 들어갔다. 그런데 아빠가 작심한 듯한 얼굴로 내 방에 들어왔다. 아빠 얼굴은 먹구름으로 뒤덮여 있었다.

아빠가 깊은 한숨을 내뱉었다.

"어디서 들었어?"

"뭘?"

"지난번 네가 했던 말. 그 화장실······."

아빠는 입에 올리기조차 싫다는 듯 말끝을 얼버무렸다.

"그냥 알았어."

"그냥?"

아빠는 어이가 없다는 듯 혀를 차더니 휴대폰을 꺼냈다. 사진첩을 열어 뒤적이다가 어느 한 사진을 유심히 들여다보았다. 감성 어린 눈빛으로 사진을 들여다보던 아빠가 사진을 나한테 내밀었다.

새하얀 강보에 싸인 갓난아기였다. 작고 새빨갛고 주름투성이인 아기가 두 주먹을 불끈 쥔 채 입을 앙 벌리고 우는 폴라로이드 사진.

아기 팔에는 팔찌가 채워져 있었다. '2006. 11. 4. AM 5:32. 여자, 2.95kg, 차은지'라는 암호 같은 문자가 적혀 있었다. 처음에는 숫자를 해독할 수 없었다. 외계어처럼 낯설었으니까. 한참 들여다보고 있으니 암호가 저절로 해독됐다. 그 숫자는 나를 가리키고 있었다. 2006년 11월 4일생. 2.95킬로그램의 몸무게로 새벽 5시 32분에 태어난 여자아이. 세상에 나온 내 첫 기록이었다. 해독할 암호가 하나 더 남았다. 차은지, 라는 이름.

"넌 종합병원에서 태어났어. 이게 그 증거야."

내 속에서 견고하게 다져졌던 세계 하나가 힘없이 무너져 내렸다. 나는 왜 얼토당토않은 탄생 설화를 마음대로 지어냈을까?

아빠가 말했다.

"아빠 엄마는 그때 나이는 어렸지만 미성년자는 아니었어. 책임지지 못할 행동을 할 만큼 미성숙한 사람들도 아니었고. 우린 서로 사랑했어."

사랑이라니. 아빠 입에서 사랑이라는 단어가 나왔을 때 그동안 아빠에게 갖고 있던 아빠의 연애에 대한 관대함이 사라졌다. 감히 아빠가 사랑이라는 단어를 입에 올릴 자격이라도 있단 말인가. 이제 와서. 이렇게 내가 그 거짓의 증거인데.

"거짓말."

아빠가 놀란 얼굴로 나를 쳐다봤다. 나는 아무 말이나 나오는 대로 지껄였다.

"사랑했다고 말하면 모든 게 용서가 되나? 사랑했는데 왜 이 모양이야? 아빤 만나는 여자마다 사랑한다고 했지. 유담이 엄마도 아마 사랑하겠지? 사랑했지만 또 헤어질 수도 있는 거네. 사랑이 그렇게 하찮은 거야? 아빠한텐 낡으면 버리는 속옷처럼 하찮아? 그런 거야?"

말하면서 생각했다. 나는 그동안 거짓으로 아빠의 연애를 축하해 주었구나. 진심이었다면 이렇게 화낼 이유가 없는데. 그때는 아빠가 했던 모든 사랑이 다 진짜였다고 믿었는데, 이제 생각해 보니 다 가짜였다. 나는 이제 사랑을 믿지 않는다. 믿지 않게 되고 말았다.

아빠 눈이 점점 붉어졌다. 아빠에게 상처를 주고 싶었다. 잔인하게, 친엄마를 사랑한 것을 후회하도록.

"춘란아."

어렸을 때부터 지독하게 내 이름이 싫었다. 한 번도 내 이름을 좋아해 본 적이 없었다. 얼마나 생각이 없으면 딸 이름을 춘란이라고 지었을까?

"아빠도 어쩔 수가 없었어. 도저히 네 엄마를…… 은지를 잡을 수가 없었어. 너 아니었으면 난 살아갈 이유도 없었어. 너 때문에 악착같이 산 거야. 일부러 더 열심히. 너한테 엄마 몫까지 해 주려고 노력했어."

아빠는 가발까지 사서 밤마다 인터넷을 보며 머리 땋는 연습을 했다. 내 머리를 땋을 때 거울 속으로 보이는 아빠는 너무나 즐거워 보였다. 난 어느 순간부터 땋은 머리가 싫었지만 아빠한테 그만하라고 말할 수가 없었다. 아빠가 너무 좋아하니까. 아빠가 연애 얘기를 해 줄 때도 솔직히 재미없었다. 지루하고 짜증 날 때도 있었다. 그렇지만 아빠가 여친 얘기를 할 때 너무 행복해 보여서 참고 들었다. 그게 다 나를 위해서였다고? 설마 재혼하는 것도 나를 위해서라는 건가?

"아, 구질구질해."

나는 두 손으로 귀를 막아 버렸다. 아무 말도 듣고 싶지 않았다. 어떤 얘기도 변명처럼 들렸다. 아빠가 결혼을 한다는 건 과거를 부정하고, 친엄마에 대한 사랑이 거짓이었음을 스스로 인정하는 거다. 사랑했었다니, 어이가 없었다.

11

 중3이 될 때까지 나는 아무하고도 어울리지 않았다. 점심시간이 되면 교실의 소란스러움을 피해 벙커에 갔다. 벙커는 학교 건물 뒤에 있는 낡은 창고로 내 아지트였다. 벙커에 가서 혼자 음악을 듣는 게 그 당시 내 유일한 낙이었다.
 벙커에는 고장 난 책걸상이 아무렇게나 쌓여 있고 먼지가 켜켜이 앉은 운동기구와 용도를 알 수 없는 물건들이 함부로 내팽개쳐져 있었다. 작은 창문이 하나밖에 없어 대낮에도 어두컴컴했는데 그 적당한 어둠이 좋았다. 특히 쾌쾌한 냄새가 마음에 들었다. 수많은 곰팡이 포자가 떠 있는 듯한 그 냄새에는 죽은 것들의 혼령이 깃들어 있었다. 죽은 책상, 죽은 뜀틀, 죽은 축구공, 죽은 먼지들. 그것들과 함께 소멸해 가고 싶을 만큼 나는 극강의 우울에 빠져 있었다.
 창문 앞에 쌓여 있던 책상과 걸상을 치우고 작은 공간을 만들었다. 일종의 요새 같은 곳이었다. 그 공간에 책상 세 개를 연결해 붙여 간이침대를 만들었다. 요새에는 책상과 걸상 다리 틈으로 기어서 들어갔다.

책상에 누워 창문으로 들어오는 햇빛을 받으며 음악을 들었다. 나는 인디밴드 '언니네 이발관'에 빠져 있었다. 귀에 꽂은 이어폰에서는 마지막 앨범의 수록곡 〈홀로 있는 사람들〉이 흘러나왔다.

나는 세상이 바라던 사람은 아냐
그렇지만 이 세상도 나에겐
바라던 곳은 아니었지
난 그걸 너무 빨리 알게 됐어
너무 빨리
말하고 싶어
그 모든 게 내 잘못은 아니라고

밴드의 보컬 이석원의 목소리는 나를 위로했다. 그는 어떤 일도 별것 아니라고, 아무것도 아니라며 담담하게 말했다. 세상은 심각한 것도 아니고, 복잡한 것도 아니다. 중요한 건 네 자신이다. 그러니 너 자신을 위해서만 감정을 써라……. 적어도 나한테는 그렇게 들렸다. 노래가 그 누구도 위로해 주지 못했던 내 마음을 위로해 주었다.

햇살이 유난히 눈부시던 어느 날, 그날도 점심시간 때 벙커에 갔다. 책상에 누워 이어폰을 꽂은 채 음악을 듣고 있었다. 창문으로 눈부신 햇살이 비쳐 들었다. 저절로 잠이 왔다. 잠이 들려는 순간 문 쪽에서 웅성거리는 소리가 났다. 재빨리 이어폰을 빼고 책상에서 내려와 몸을 숨겼다.

웅성거리는 소리가 점점 가까워졌다. 남자아이들 목소리였다. 책상 다리 틈으로 아이들 다리가 보였다. 하나, 둘, 셋, 넷, 다리는 모두 열 개. 그러니까 다섯 명이 내가 숨어 있는 곳까지 다가왔다. 여덟 개의 다리는 걸어왔는데 두 개의 다리는 질질 끌려 왔다.

그중 한 명이 소리쳤다.

"이 게이새끼가 그래도 말을 못 알아들어 처먹네."

게이새끼라면 1학년 때 같은 반이었던 강게이, 아니 강태승? 3학년에 올라오면서 까맣게 잊고 있었다. 가끔씩 복도에서 마주친 적은 있었다. 그때마다 강태승은 점점 더 진하게 화장을 했다. 선생님들도 포기했는지 화장을 하고 다녀도 내버려 두었다.

강태승을 마지막으로 본 건 1학기 때였다. 여름방학을 얼마 앞두고 학교 분위기가 어수선하던 어느 날. 강태승은 계단에서 서지우에게 뺨을 맞고 있었다. 그날 서지우는 뭐에 화가 났는지 잔뜩 독이 오른 얼굴로 강태승 뺨을 수없이 때렸다. 강태승은 말없이 뺨을 맞았다. 한쪽 뺨이 빨갛게 부풀어 오른 상태였다. 대부분의 아이들처럼 나도 그 장면을 외면했다. 절대 권력자 눈에 띄지 않는 게 우리의 생존 방식이었으니까.

"귓구멍이 막혔냐? 뚫어 줘?"

일진 서지우 목소리였다. 그 말에 이어 퍽, 하는 소리가 들렸고 짧은 비명이 들렸다. 뒤를 이어 또 뺨을 때리는 소리가 들렸다.

"당장 차란 말야, 새꺄. 너 생리하잖아."

나이키 운동화를 신은 다리가 허공을 날아가 질질 끌려 온 다리를 쳤다. 그러자 끌려 온 다리가 힘없이 바닥으로 거꾸러졌다. 바닥에 쓰러진 아이는 역시나 강태승이었다. 생리대가 강태승 얼굴에 쏟아졌다. 내가 숨어 있는 쪽으로 강태승이 얼굴을 돌리는 바람에 마주 볼 수밖에 없는 상황이었다. 강태승은 눈을 감다시피 하고 있어서 나하고 눈이 마주치지는 않았다.

서지우가 소리쳤다.

"재수 없는 새꺄. 사람 말이 말 같지 않지? 빨리 차."

서지우 패거리가 번갈아 가며 발로 찼다. 퍽퍽, 소리가 들릴 때마다 내 심장이 두 배씩 빠르게 뛰었다. 서지우가 쭈그려 앉았다. 서지우 등이 강태승 얼굴을 가렸다. 한참 뭔가를 하던 서지우가 자리에서 일어났다. 그제야 강태승 얼굴이 보였다.

강태승은 생리대를 입에 물고 있었다. 서지우가 억지로 강태승 입에 생리대를 물린 것이다. 강태승이 생리대를 뱉어 버리자 패거리 중 한 명이 또다시 억지로 강태승 입에 물렸다. 그러면서 그들은 악마처럼 낄낄거렸다.

"앞으로 내 눈에 띄지 마라. 너 보면 재수 없으니까. 캬악, 퉤."

서지우가 강태승 얼굴에 가래침을 뱉은 뒤 자리를 떴다.

서지우 패거리가 벙커에서 나간 뒤에도 강태승은 한동안 일어나지 못했다. 나는 쪼그리고 앉아서 강태승이 일어나기만을 기다렸다. 강태승은 한참이 지난 뒤 일어나서 얼굴에 묻은 가래침을 교복 옷소매로 쓰윽 닦았다. 그러고는 책상에 몸을 비스듬히 기댄 채 앉았다. 비좁은 곳에서 오래 쪼그려 앉았더니 다리가 저렸다. 하지만 강태승 때문에 나갈 수가 없었다.

5교시를 알리는 종이 울렸다. 그래도 강태승은 꼼짝도 하지 않았다. 주위는 너무나 조용해서 숨소리마저 빨아들일 것만 같았다.

시간이 지나고 다리에 쥐도 풀렸다. 초조하고 불안했던 마음도 이상하게 조금씩 편안해졌다.

"이제 나와."

강태승이 말했다. 나는 너무 놀라 심장이 튀어나올 뻔했다. 이 벙커 안에 나 말고는 아무도 없는데 그럼 내가 여기 있는 걸 알고 있었나? 언제부터?

강태승이 다시 말했다.

"거기 있는 거 알아. 나와."

그제야 나는 겨우 움직일 수 있었다. 강태승은 책상 사이로 기어 나오는 나를 빤히 바라보았다. 가까이에서 마주한 강태승의 몰골은 차마 눈 뜨고는 볼 수 없었다. 교복에는 피가 흩뿌려져 있었는데 자세히 보니 피가 아니라 붉은색 물감이었다. 얼굴은 벌

겋게 부풀어 있었고 얼마나 맞았는지 눈 한쪽은 완전히 부어서 눈동자가 보이지 않았다.

  나는 뭔가에 홀린 듯 강태승 옆에 앉았다. 강태승은 아무 말도 하지 않았다. 그 상황에서 어떤 위로가 필요할까? 내가 어떤 말을 해도 강태승에게 조금의 위로도 되지 못한다는 것을 알고 있었다. 나는 이어폰 한쪽을 강태승 귀에 꽂아 주었다. 강태승이 힐끔 나를 보더니 고개를 돌렸다. 이어폰에서 '언니네 이발관'의 〈나쁜 꿈〉이 흘러나왔다.

  아무래도 난 (넌 어쩔 수가 없어) 벗어날 수 없겠지
  숨 막힐 듯 답답한 이곳 (늘 그래 왔으니)
  바보 같은 말(누굴 가르치려 들어)이나 듣고 살겠지
  날 안다고 말하는 사람들에게
  아무래도 난 벗어날 수 없겠지
  바보들이 가득한 이곳 (니가 제일 바보야)
  오늘 같은 날 얼마든지 많겠지
  결코 변하지 않을 곳에서
  숨 막혀 숨 막혀 이곳의 모든 게
  너는 누구니

  강태승에게 그 노래를 들려주고 싶었다. 아무래도 난 벗어날 수 없겠지. 숨 막힐 듯 답답한 이곳. 벗어날 수 없다면 숨 막힘에 익숙해져야겠지. 혼자인 것에 익숙해진 것처럼. 삶은 결국 익숙해짐의 연속이니까.

'언니네 이발관' 노래를 강태승과 같이 들을 거라고는 상상도 못 했다. 비록 순정 만화의 한 장면처럼 봄날 벚꽃이 휘날리는 나무 아래서 이어폰 한쪽씩 끼고 음악을 듣는 장면은 아니었지만 이런 상황에서 음악을 함께 듣는 것도 나쁘진 않았다. 오히려 함께 들으니 음악이 더 좋았다. '언니네 이발관'은 너희 탓이 아니라고, 괜찮다고, 내 마음을 어루만져 주었다. 확실히 기분이 괜찮아졌다. 강태승도 나처럼 음악으로 위로를 받았으면 좋겠다고 생각했다. 우리는 5교시가 끝날 때까지 벙커에서 함께 음악을 들었다.

12

다음 날부터 강태승과 함께 다녔다. 전교생의 이목이 우리에게 쏠렸다. 아이들 표정이 "저건 웬 조합?"이라고 말하는 듯했다. 태승이와 친구가 된다는 게 어떤 의미인지 잘 알고 있었다. 그건 곧 나도 태승이만큼의 고통을 받아야 한다는 의미이기도 했다. 우리는 전교에서 가장 눈에 띄는 커플이 됐다. 전교 최고의 외톨이와 전교 최고의 놀림감인 십센티 강게이의 조합이라니. 그래도 상관

없었다. 죽기밖에 더 하겠어? 아무리 악랄한 일진이라도 사람을 죽이지는 못하겠지. 죽을 만큼 괴롭혀도 한 학기만 꾹 참으면 된다. 그렇게 생각하니 두려울 게 없었다.

태승이는 '드래그 퀸'이 될 거라고 했다. 드래그 퀸은 여장을 하는 남자다. 그게 화장을 하는 이유였다. 어느 정도 예상을 해서 별로 놀랍지 않았다.

"초등학교 때 〈헤드윅〉이라는 영화를 봤어. 주인공이 너무 아름다운 거야. 뭐랄까, 자기만의 세계를 확실히 갖고 있는 사람 같았어. 누구도 흉내 낼 수 없는 아우라가 있었지. 참 멋지더라. 그때부터 나도 드래그 퀸이 되겠다고 결심했고 화장을 시작했어."

태승이는 휴대폰에 저장된 사진을 보여 주었다. 앨범에는 화장을 한 초딩 태승이가 있었다. 엄마 화장품을 몰래 훔쳐 아무렇게나 처바른 듯 엉망이었다. 눈은 퍼렇고 입술은 새빨갰다. 화장법은 점점 발전했다. 중학생이 되고 나서는 메이크업 아티스트의 작품 같았다. 은발이나 금발의 가발을 쓰고 화려한 여자 옷까지 갖춰 입은 사진도 있었다. 같은 사람이라고는 믿기지 않을 만큼 달랐다.

태승이는 가방에 화장품을 가득 담아 가지고 다녔다. 가끔 화장하는 모습을 나에게 보여 주기도 했는데 손놀림이 예사롭지 않았다. 마치 예술가의 섬세한 손길 같달까? 기초화장을 한 뒤 파운

데이션을 두껍게 펴 발랐고 단 한 번에 갈매기처럼 얇고 둥글게 눈썹을 그렸다. 수십 가지 색깔이 있는 팔레트에서 아이섀도를 골라 눈두덩이에 펴 발랐다. 밋밋했던 얼굴이 점점 입체적으로 변하면서 전혀 다른 얼굴이 나타났다.

드래그 퀸으로 변신한 태승이에게 물었다.

"넌 화장을 하면 어떤 기분이 들어?"

"또 다른 자아가 내 몸에 덧씌워진 기분."

나는 태승이의 말에 공감했다. 학교에서는 따돌림과 놀림의 대상이었지만 드래그 퀸의 모습을 한 태승이는 단단한 자아 속에 둘러싸인 하나의 예술가였다.

"화장을 하면 난 전혀 다른 사람이 돼. 자신감 없고 세상에 잔뜩 주눅이 든 강태승은 사라지고 누구도 범접하지 못할 강한 또 다른 강태승이 나타나. 강한 강태승은 약한 강태승을 감싸 주고, 약한 강태승은 강한 강태승을 의지해. 둘은 서로 한 몸에 공존하면서 살아가."

"일종의 도플갱어인가? 아니면 지킬 앤 하이드?"

농담을 했는데 태승이는 웃지 않았다. 나는 머쓱해지고 말았다.

태승이가 진지한 얼굴로 말했다.

"강한 강태승도 약한 강태승도 다 나야. 두 개의 자아가 서로 공존하며 단점을 보완하면서 비로소 진짜 나를 만들어 줘. 아직까지는 나를 만들어 나가는 과정이고, 언젠가 두 개의 자아로부터 자유로워질 때 나는 완성될 거야."

태승이의 말은 내게 너무 어려웠다. 나는 화제를 돌렸다.

"넌 사랑이 뭐라고 생각해?"

"좀 올드한 표현 같지만 사랑은 샘물과 같다고 생각해. 퍼내면 다시 고이고 퍼내면 다시 고이는 것처럼. 그래서 사랑이 영원한 거야. 누군가를 만나서 사랑을 하게 되면 언젠가는 그 사랑이 끝나겠지. 그러다 또 다른 사람을 만나고. 그렇게 하나하나의 사랑이 모여 결국은 영원히 지속되는 거 아닐까? 사랑을 하고 있지 않을 때에도 결국 과거의 사랑과 미래의 사랑이 이어져 계속되는 거야. 마치 수학의 실수처럼."

"실수?"

"0과 1사이에 0.1, 0.001, 0.0001 등 셀 수 없이 많은 실수가 있잖아. 난 사랑도 바로 실수라고 생각해. 사랑할 대상이 없는 상태지만 사랑은 실수처럼 계속 이어지고 있어. 과거에 했던 사랑과 지금 마음속에 있는 사랑과 앞으로 다가올 사랑은 하나로 이어져 있어. 그래서 끝이 없는 거지. 사랑의 완성은 결국 죽음이야. 넌 어떻게 생각해?"

아빠는 사랑의 완성이 결혼이라고 했다. 아빠 생각에 동의하지 않지만 태승이 의견에도 동의하기 어려웠다.

"난 아직 사랑이 뭔지 모르겠어."

"나에게 사랑할 대상은 중요하지 않아. 대상이 누가 되든 상관

없어. 여자든 남자든 가족이든 반려동물이든. 중요한 건 사랑할 수 있는 내 마음이지. 난 사랑을 사랑할 수 있는 내 마음을 존중해."

"이기적이다."

"몰랐니? 인간은 다 이기적인 거."

태승이가 피식 웃었다. 시니컬한 표정의 태승이는 나보다 스물두 살쯤 더 산 어른 같았다.

학교에서 태승이와 같이 다닐 때마다 살얼음이 낀 호수를 걷는 것처럼 불안했다. 언제 서지우 패거리의 눈에 띌지 몰랐으니까.

우리는 같이 다니는 모습을 서지우 패거리에게 들키지 않으려고 교내에서는 되도록 거리를 두었다. 하지만 점심시간만큼은 누구의 눈치도 보지 않고 만날 수 있었다. 우리는 도시락을 싸 오거나 편의점에서 삼각김밥을 사 와 벙커에서 만났다. 밥을 먹으며 수다를 떨거나 음악을 들었다. 내 생애 가장 행복했던 나날이었다.

13

그러나 그 행복은 오래가지 않았다. 점심시간이 되면 우리는 약속하지 않아도 벙커에서 만났다. 그런데 그날은 태승이가 벙커에 오지 않았다. 문자를 보냈지만 답장이 없었다.

태승이를 찾으러 다녔다. 교실에도 가 보고 급식실에도 가 봤지만 없었다. 학교 전체를 다 뒤지고 다녀도 없었다. 점점 불안해졌다. 분명히 아침에 학교에 오는 걸 봤고 점심시간 전까지만 해도 복도에서 마주쳐 눈인사를 하며 지나갔었다. 불안한 마음으로 태승이에게 계속 문자를 보냈다.

―어디야?

―점심은 왜 안 먹는 건데?

―문자 보는 즉시 연락 좀 해 줘.

초조하게 답장을 기다리고 있는데 드디어 답장이 왔다.

―창고로 와.

밖에는 눈 같기도 하고 진눈깨비 같기도 한 비가 내렸다. 아직 11월이었지만 겨울처럼 추웠다. 태승이가 '창고'라고 해서 조금 이상하다는 생각은 했지만 급한 마음에 대수롭지 않게 여겼다. 벙커 문을 열고 안으로 들어갔을 때 익숙한 냄새가 났다. 죽어 가는 사물의 냄새와 축축한 곰팡이 냄새. 내가 좋아하는 냄새였지만 그날따라 왠지 불길한 냄새가 났다.

벙커에는 아무도 없었다.

나는 조심스럽게 태승이를 불렀다.

"태승아. 야, 강태승."

책상이 쌓여 있는 뒤쪽에서 사람 목소리가 났다.

"여기야."

책상 더미 뒤쪽으로 달려갔다. 거기에 태승이가 있었다. 그런데 태승이는 혼자가 아니었다. 서지우 패거리가 태승이를 둘러싸고 있었다. 두 명이 뒤에서 태승이 양손을 잡고 있었고 두 명이 립스틱과 아이펜슬을 들고 있었다. 그런데 태승이 얼굴이 이상했다. 눈두덩이는 팬더처럼 검은색이 칠해져 있었고 입술은 조커처럼 새빨갛게 칠해져 있었다. 양 뺨에는 붉은색 동그라미가 크게 그려져 있었다. 피에로도 아니고 조커도 아니고 정체불명의 괴물 같았다. 서지우가 태승이 휴대폰을 들고 흔들며 씩 웃었다.

"오, 이게 누구신가. 게이새끼 깔따구 아니셔?"

서지우가 나를 위아래로 훑어봤다. 그 눈빛이 독사 같았다. 소름이 끼쳤다.

"너희 둘이 연애한다며?"

서지우가 태승이와 나를 번갈아 보며 물었다. 태승이는 고개를 옆으로 돌렸다. 나도 태승이를 보지 않으려고 고개를 숙였다. 서지우가 내 앞으로 걸어오더니 내 머리채를 잡아 고개를 쳐올렸다. 태승이를 잡고 있던 패거리 중 한 명이 태승이 머리를 정면으로 돌렸다. 우리는 어쩔 수 없이 마주 보고 서 있는 꼴이 되고 말았다.

"숨어서 몰래 연애하지 말고 우리가 보는 데서 해 봐."

신이 있다면 제발 우리를 이 지옥에서 꺼내 달라고 빌고 싶었다. 원하시면 내 영혼이라도 드릴 테니 제발 우리를 구해 달라고. 제발.

서지우가 태승이를 잡고 있는 패거리에게 눈짓을 하자 패거리가 태승이를 내 쪽으로 밀었다. 서지우가 내 머리칼을 쥐고 태승이 앞으로 끌고 갔다. 끌려가지 않으려고 버텼지만 키가 180센티 넘는 서지우의 힘을 당해 낼 수가 없었다.

태승이 얼굴이 코앞에 있었다. 태승이 눈을 쳐다보았다. 태승이 두 눈이 뭐라고 설명할 수 없을 만큼 이상하게 떨고 있었다. 그 눈에 절망과 슬픔이 가득 차 있었다. 가슴이 칼로 베이는 것처럼 아팠다.

서지우가 우리 둘에게 명령했다.

"키스해."

끔찍했다. 단 한 번도 상상조차 해 보지 못했던 상황이었다. 나는 있는 힘을 다해 버텼다. 머리에 너무 힘을 줘서 두통이 올 정도였다. 태승이도 마찬가지였다. 눈에 핏줄이 설 만큼 머리를 꼿꼿이 쳐들고 버텼다.

서지우는 태승이와 나를 번갈아 가며 쳐다보았다.

"오호, 공개 키스는 안 하시겠다? 그럼 할 수 없지."

서지우가 내 머리를 앞으로 밀었고 패거리 중 송민섭이 태승이 머리를 앞으로 밀었다. 우리는 얼굴이 마주쳤다. 아니, 더 정확히 말하면 입술이 마주쳤다. 고개를 돌릴 수도 없었고 거부할 수도 없었다. 그 악마 같은 무리는 기어이 우리를 지옥에 빠트릴 작정이었다.

첫 키스가 하필이면 이렇게 될 줄은 상상도 못 했다. 나도 로맨

틱한 첫 키스를 꿈꾸고 있었다. 내가 사랑하는 사람과 로맨틱한 분위기에서 몸이 녹아내릴 것처럼 달달하게. 하지만 달콤하고 부드럽고 낭만적인 첫 키스에 대한 로망은 그렇게 물 건너갔다. 발버둥 쳤지만 소용없었다. 양쪽에서 서지우와 그 패거리가 머리를 잡고 있어서 꼼짝달싹할 수가 없었다.

태승이와 입술이 맞닿은 채 눈을 보았다. 태승이의 눈빛은, 뭐라 표현할 수 없을 만큼 처참했다. 차라리 눈을 감아 버릴까? 그러면 진짜 키스가 되는 건데. 죽고 싶었다.

태승이가 좋은 친구인 것은 의심할 만한 여지가 없었지만 내가 이성으로 태승이를 좋아하고 있는지는 늘 의문이었다. 만약 이성의 감정을 가지고 있었다면 태승이를 볼 때마다 설레거나 스킨십을 하고 싶었을 것이다. 내가 아는 연애 이론으로는 그랬다. 그런데 평소에 태승이에게는 그런 감정이 느껴지지 않았다. 태승이와 있으면 마음이 편하고 즐거웠다. 딱 그 정도였다.

일생에 단 한 번뿐인 첫 키스를 망치고 말았다.

"너무 뜨거운 거 아냐?"

서지우가 내 머리채를 놨다. 태승이 머리를 잡고 있던 아이들도 손을 뗐다. 나는 번개처럼 태승이에게서 떨어져 나왔다. 나도 모르게 바닥에 침을 뱉었다.

서지우가 태승이에게 말했다.

"야, 게이면 게이답게 놀아야지."

분하고 창피하고 억울했다. 모든 감정이 한꺼번에 몰아쳐 혼란스러웠다. 울고 싶었지만 눈물이 나오지 않았다.

서지우가 건들거리는 표정으로 말했다.

"신성한 학교에서 게이는 웬 말이며 게이랑 연애질이 웬 말이냐. 정신 차렸으면 알아서들 처신 잘해라, 응?"

주먹을 쥔 채 부들부들 떨고 있던 태승이가 벙커에서 뛰쳐나갔다. 서지우와 패거리가 그 뒤에 대고 야유를 퍼부었다. 그러고는 콧노래를 부르며 벙커에서 나갔다.

그날 그렇게 벙커를 뛰쳐나간 태승이는 다시는 학교로 돌아오지 않았다. 다음 날도, 그다음 날도. 태승이는 내 눈에서 완전히 사라져 버렸다.

태승이에게 몇 번 문자를 보냈다.

— 미안해.

— 돌아와 줘.

— 제발 답장 좀 해라.

— 태승아. 강태승.

제법 긴 문자도 보냈다. 그동안 우리가 함께했던 시간에 관한 감상이었다. 네가 나에게 얼마나 소중한 친구인지, 얼마나 너를 그리워하는지, 네가 없는 학교가 얼마나 쓸쓸한지, 그런 내용의 문자였다. 역시 답장이 오지 않았다.

한 아이가 갑자기 사라졌지만 학교에서는 아무도 책임지지 않았다. 서지우는 죄책감이라고는 전혀 없는 얼굴로 다른 먹잇감을 찾으러 다녔다.

일주일 뒤 아침 조회 시간에 담임이 지금 강태승 엄마가 학교에 와서 강태승의 친구를 찾고 있다며 태승이 친구라면 상담실에 가 보라고 했다. 그리고 강태승에 관해 아는 게 있는 사람은 누구든 상담실에 가서 만나라고도 했다.

수업 시간 내내 강태승 엄마를 만나야 할지 말아야 할지 고민했다. 만나게 되면 태승이가 그동안 당한 폭력과 태승이가 사라진 날 벙커에서 있었던 일을 모두 얘기해야 한다. 그 말이 과연 태승이를 찾는 데 도움이 될까?

수업이 끝난 뒤, 상담실로 갔다. 무엇보다 태승이 엄마가 어떤 사람인지 보고 싶었다. 의자에 앉아 있던 한 중년 여자가 자리에서 일어났다. 파마머리에 수수한 옷차림을 한, 평범한 아줌마였다. 화려한 화장을 한 태승이와는 전혀 어울리지 않았다.

"네가 태승이 친구니?"

아줌마가 나를 보자마자 내 손을 잡았다. 마치 울 준비를 하고 있었던 듯 아줌마 눈에서 눈물이 뚝뚝 떨어졌다.

태승이는 그날 이후 집에 들어오지 않았다고 했다. 갈 만한 데는 다 찾아봤지만 일주일이 지나도 태승이를 찾지 못했다고 했다.

아줌마는 태승이가 사라진 그날 학교에서 무슨 일이 있었는지 알고 싶어 했다.

"집에서 아빠가 태승이를…… 많이 혼냈어. 화장하고 다니는 거. 너도 이해하지? 세상에 어느 부모가 아들내미가 그러고 다니는 거 좋아하겠니?"

아줌마의 말투는 상당히 점잖고 교양 있었다. 나는 말없이 듣고만 있었다.

"태승이 교우 관계가 안 좋다는 건 짐작하고 있었어. 친구 얘기를 한 번도 한 적이 없거든. 아니, 집에서는 아예 말을 한마디도 안 했어. 가끔 몸에 멍이 들거나 상처가 나서 오긴 했지만 아무리 물어도 별일 아니라고 하는 바람에……."

아줌마는 손수건으로 눈물을 닦았다. 나도 코끝이 찡해졌다.

"제가 태승이 유일한 친구였어요."

아줌마가 발갛게 충혈된 눈으로 나를 쳐다봤다. 뭔가 반가우면서도 간절함이 묻어나는 강렬한 눈빛이었다.

"오, 그래. 그랬구나. 우리 태승이한테 이렇게 예쁜 여자 친구가 있었구나."

여자 친구가 아니라 그냥 친구라고 말하고 싶었지만 아줌마의 눈빛을 보고 그만두었다.

아줌마는 태승이의 학교생활을 아무것도 모르고 있었다. 나는 어디까지 이야기를 해야 할지 고민했다. 어른들은 당신 자식이

학교에서 어떻게 살고 있는지 알고 싶기나 할까?

  나는 그날 일을 모두 말했다. 아니, 그 전날, 그 전전날 일어났던 일까지 모두 다. 서시우 패거리에게 당한 일들, 처음 태승이를 벙커에서 봤던 날 있었던 일 그리고 마지막 날 있었던 일까지. 1학년 때 붙었던 십센티라는 별명까지 얘기하려다 그건 그만두었다.

  말하는 동안 이상하게 담담해졌다. 마치 내가 읽은 소설책의 줄거리를 얘기하는 기분이었다. 그렇게 담담한 내 자신에게 놀라고 말았다.

  아줌마는 처음에는 흐느끼다가 내가 말을 마쳤을 때는 소리를 내서 울었다. 사랑하는 사람이 죽기라도 한 것처럼. 너무나 슬프게 복받쳐 우는 아줌마 때문에 나까지도 슬퍼졌다. 처음으로 태승이가 부러웠다.

  '넌 사랑받고 자란 아이였구나.'

  손수건이 다 젖을 정도로 울고 난 아줌마가 코맹맹이 소리로 말했다.

  "그랬구나. 난…… 정말 몰랐어. 아빠한테 맞을 때마다 지켜 주려고만 애썼지 학교에서도 그런 줄은…… 꿈에도……."

  아줌마는 만약 태승이한테서 연락이 오면 꼭 알려 달라며 전화번호를 주고 내 전화번호도 저장했다. 그러나 내게 태승이한테서 연락이 올 것 같지는 않았다. 마지막으로 봤던 태승이 눈빛이 떠오를 때마다 그런 확신이 들었다.

태승이 부모님이 어떤 조치를 취했는지는 모르겠다. 학폭위가 열리지 않은 것으로 봐서 서지우의 폭력을 문제 삼지 않은 것 같았다. 그런데 무슨 일이 있었는지 서지우가 달라졌다. 살기가 가득한 눈에 힘이 풀리고 순한 양이 되었다. 아이들을 때리지도, 괴롭히지도 않았다. 그동안 괴롭힌 아이들을 찾아가 무릎 꿇고 사죄까지 했다. 나에게도 찾아왔다.

서지우는 다짜고짜 내 앞에 무릎을 꿇었다. 그리고 로봇처럼 감정 없는 목소리로 말했다.

"내가 잘못했다. 용서해 줘."

아이들이 둘러서서 이 진귀한 장면을 구경했다. 나는 용서할 마음이 전혀 없었다. 사과를 하면 없던 일이 되나? 내가 용서를 하면 뭐가 달라지지? 사과하면 태승이가 돌아오기라도 해?

나는 단호하게 말했다.

"싫어."

구경하던 아이 중 몇 명이 박수를 쳤다. 서지우가 무릎 꿇은 자세로 고개를 쳐들고 내 얼굴을 빤히 올려다봤다. 서지우 눈에 언뜻 다시 살기가 돌았다. 겁나고 두려웠지만 내색하지 않았다.

"싫어?"

"응."

용서를 구하는 것도 또 다른 형태의 폭력처럼 느껴졌다. 서지우가 천천히 일어났다. 그러고는 소름이 끼칠 정도로 차가운 얼굴로 말했다.

"난 분명히 했다, 사과. 나중에 딴소리하지 마라."

그러고는 찬바람을 일으키며 가 버렸다.

얼마 후 서지우가 연기학원을 다닌다는 소문이 돌았다. 몸을 키우기 위해 헬스장에 다닌다는 소문도.

서지우는 짧은 시간에 완벽하게 신분 세탁을 했다. 연기학원에 다닌 지 얼마 안 돼 드라마에 캐스팅됐다. 드라마에 나온 서지우는 착실한 모범생 역할을 마치 실제 모습인 것처럼 완벽하게 연기했다. 화면에서 그 얼굴을 보자 토할 것 같았다.

14

그해 겨울 크리스마스이브에 아빠가 결혼식을 올렸다. 요즘 유행하는 '스몰 웨딩'으로 중식당 방 하나를 빌려 식사를 한다고 했다. 하필이면 그날 아침부터 폭설이 내렸다. 화이트 크리스마스였지만 결혼식은 그리 낭만적이지 않았다.

폭설 때문에 교통이 마비됐다. 예식이 오후 1시였는데 그 시간에 맞춰 도착한 사람은 아빠와 새엄마, 유담이와 나뿐이었다. 아빠는 꽤나 초조하게 안팎을 들락거렸다. 종업원이 10분에 한 번

꼴로 와서 음식을 언제 내와야 하는지 물었다. 종업원은 초조한 낯으로 오늘이 1년 중 최대 대목이므로 세 시간 예약 시간을 꼭 지켜 달라는 말을 다섯 번쯤 했다.

예식 시간에서 한 시간쯤 지나자 아빠의 유일한 혈육인 큰아빠 부부가 짜증을 잔뜩 묻힌 얼굴로 식당에 들어섰다. 그들은 눈 때문에 서울 교통이 마비됐다면서 여기까지 오는 데 부산 가는 시간만큼 걸렸다며 투덜댔다. 몇 분 뒤 머리에 눈을 가득 인 노부부가 들어왔다. 그들 역시 짜증을 잔뜩 부렸다. 첫눈에 봐도 새엄마 부모님 같았다.

결혼식은 결국 2시 30분에 시작됐다. 우리 쪽 자리에는 아빠와 나, 큰아빠와 큰엄마가 앉았고 반대쪽에는 새엄마와 유담이, 새엄마네 부모님이 앉았다.

아빠는 감색 양복을 차려입었다. 새엄마는 흰색 원피스를 입었고 유담이도 비슷한 원피스를 입었다.

결혼식은 사회자 없이 두 사람이 결혼반지를 나눠 끼고 부모님에게 인사를 하고, 웨딩케이크의 촛불을 끄고 자르는 것으로 끝이 났다. 웨딩케이크를 자르자마자 음식이 들어왔다. 종업원들은 매우 서둘렀고 사람들은 허겁지겁 음식을 먹었다.

시간에 쫓겨 급하게 음식을 먹는 결혼식 풍경이 기괴하기까지 했다. 결혼식치고 전혀 숭고하지 않았고 아름답지도 않았다. 사람들은 먹기 위해 그 자리에 온 것처럼 고개를 숙인 채 각자의 접시에 덜어진 음식을 먹고 또 먹었다.

　가족과 친인척이라고 했지만 따지고 보면 다 남이었다. 아빠의 형과 그의 부인, 아빠의 아내와 그의 딸, 아빠 아내의 부모님은 각기 다른 피를 가진 사람들이었다. 방금까지 그들은 길에서 만날 수 있는 수많은 익명의 사람 중 하나에 불과했다. 어깨를 치고 지나가도 모르는 게 당연한 사람들. 그런데 밥을 함께 먹으면서 이제부터는 가족이고 친인척이라는 굴레가 채워졌다.

　새엄마는 옆에 앉아 있는 유담이를 챙기느라 정작 본인은 제대로 먹지 못했다. 목이 탄지 가끔 유리잔에 담긴 물을 조금씩 마실 뿐이었다. 아빠는 이 침묵을 어떻게 해서라도 깨고 싶은지 "맛은 어떻습니까?" "제가 이 집 예약을 지난봄부터 했다는 거 아닙니까, 하하하" "영주 씨도 좀 먹지 그래요" 하는 말들을 내뱉었다. 그러나 그 말에 대꾸를 하는 사람은 아무도 없었다. 나중에는 아빠도 어색한지 아무 말도 하지 않았다.

　창밖에 내리는 크리스마스이브의 하얀 눈, 평소에 맛볼 수 없는 비싼 중국음식, 커플룩을 차려입은 새엄마와 유담이, 이제 막 부부가 된 두 사람, 머리에 눈을 이고 온 낯선 사람들과의 식사……. 갑자기 접시가 흐릿하게 보였다. 생각도 못 했는데 눈물이 나왔다. 우는 걸 들키지 않으려고 고개를 푹 숙였다. 눈물은 자꾸만 무릎 위로 뚝뚝 떨어졌다. 이유를 알 수 없는 눈물에 당혹스러웠다. 아빠의 결혼식이 슬펐나? 그런 생각을 해 본 적이 전혀 없었다. 결혼은 아빠의 사생활 영역이다. 언젠가 나는 아빠를 떠날 테고 혼자 남겨진 아빠에게는 어쩌면 결혼이 축복이 될 수도 있을 것이다. 그런데 왜 눈물이 날까? 모르겠다. 그냥 눈물이 쏟아졌다. 음식을 담은 접시에 눈물이 가득 차올라 그 작은 방이 눈물로 넘칠 것처럼, 눈물 속에서 모두가 헤엄쳐 다녀야 할 만큼 눈물이 계속 쏟아졌다. 예약된 시간이 끝나 모두가 서둘러 옷을 걸치고 불과 몇 시간 전까지 모르는 사람이었던 하객들이 다정하게 인사를 나누고, 아빠가 허둥지둥 어른들을 배웅하는 동안, 나는 구석에 가만히 서서 조용히 울음을 삼켰다.

15

새엄마가 들어오고 나서 집 안 분위기가 완전히 바뀌었다. 아빠와 나에게는 인테리어 취향이 딱히 없었다. 가구는 동네 아파트 분리수거장에서 누가 버린 거 주워다 썼고 대부분의 물건들은 다이소에서 사다 썼다. 우리는 오랫동안 그렇게 살아왔던 방식이 당연하다고 생각했고 조금도 불만이 없었다.

아빠의 결혼과 함께 집도 리모델링했다. 새 가구도 들여왔다. 과거의 집이 칙칙하고 어두웠다면 현재의 집은 밝고 화사하다. 가장 많이 바뀐 곳은 부엌이다. 문짝도 맞지 않는 오래된 싱크대가 사라지고 눈부신 흰색 싱크대가 자리 잡았다. 식기도 모두 깔끔한 흰색으로 바뀌었다. 반짝반짝 빛나는 냄비와 조리 도구가 광고 세트장처럼 깔끔했다.

변하지 않은 곳은 내 방뿐이었다. 내 방은 특별히 바꿔야 할 이유가 없었다. 아빠가 침대와 책상을 바꿔 주겠다고 했지만 내가 거절했다.

호칭도 바꿔야 했다. 어제까지 아줌마로 불렀던 사람을 오늘은 엄마라고 불러야 했다. '엄마'는 지금까지 살면서 한 번도 사용해 보지 못한 호칭이었다. 입 밖으로 쉽게 나올 리가 없었다. 할 수 없이 꼭 불러야 할 때는 "저기요"라고 했다. 불편함을 해소하는 방법은 서로 마주치지 않는 거였다. 나는 되도록 내 방에서 나가지 않았다.

겨울방학이었기 때문에 하루 종일 내 방에서 보냈다. 아침이면 밖에서 들리는 생활 소음에 눈을 떴다. 도마에 칼질하는 소리, 문을 여닫는 소리, 아빠와 새엄마가 소곤소곤 대화하는 소리, 유담이를 깨우는 아빠의 우렁찬 목소리, 식기가 달그락거리는 소리. 그 모든 소리가 나와는 전혀 상관없는 소리로 들렸다.

아빠가 출근하고 유담이가 어린이집에 가고 나면 새엄마는 청소와 빨래를 했다. 내 방에 있으면 밖에서 집안일하는 소리가 났다. 그 소리를 듣고 있으면 이유를 알 수 없는 서글픔이 꾸역꾸역 올라왔다. 저 사람이 친엄마였다면, 내가 태어났을 때부터 엄마가 저렇게 집안일을 하고 유담이가 친동생이었다면, 그랬다면 내 삶은 지금하고 달라졌을까?

아침밥을 함께 먹고 흩어졌던 식구들이 저녁에 다시 모여 밥을 먹었다. 식사 자리는 늘 유쾌했다. 주로 유담이가 주인공이었다. 유담이는 어린이집에서 있었던 일을 하나부터 열까지 빠짐없이 얘기했다. 어린이집에서 배운 노래를 하기도 하고 숟가락을 든 채 율동하기도 했다. 아빠는 나사가 하나 빠진 것처럼 실없이 계속 웃었고 새엄마는 애정이 가득한 눈빛으로 유담이를 바라보았다.

아빠는 유담이와 잘 놀아 주었다. 동화책을 읽어 주기도 하고 함께 게임을 하기도 했다. 아빠는 나한테 했던 것처럼 유담이 머리를 땋아 주었다. 내 머리를 땋던 솜씨는 녹슬지 않았다. 유담이는 아빠가 땋아 주는 머리를 좋아했다. 거울 앞에서 땋은 머리를 신기한 듯 바라보다가 싫증이 나면 "아빠, 또 다른 거 해 줘" 하고 졸랐다.

유담이가 우리 아빠를 "아빠"라고 부를 때마다 기분이 이상했다. 아빠가 진짜 유담이 아빠고 나한테는 계부가 된 것 같은 기분이 들었다. 아빠와 유담이가 가까워질수록 아빠와 나는 멀어졌.

시간이 갈수록 나는 아빠의 새식구가 만들어 놓은 세계로부터 점점 멀어지고 있다는 생각이 들었다. 그들은 날마다 견고한 성을 쌓아 가고 있었다. 그 성에 나무를 심고 꽃을 가꾸었다. 날마다, 날마다 나무가 자라고 향기로운 꽃들이 피어났다. 나는 그 성으로 들어갈 수가 없었다. 성문은 굳게 닫혀 있었고 성벽은 너무 높아 타고 올라갈 수가 없었다. 문득 아빠에게 묻고 싶었다. 나야, 아니면 유담이야?

16

중학교를 졸업하고 고등학교에 올라갔다. 고등학교 생활도 중학교 때와 다르지 않았다. 여전히 나는 혼자였고 여전히 최애 음악은 '언니네 이발관'이었다.

가끔씩 태승이 생각이 났다. 그때를 생각하면 짧고도 강렬한 토네이도가 한바탕 마음속을 훑고 지나간 것 같은 느낌이 든다. 순식간에 달려와 내 모든 걸 삼키고 사라져 버린 토네이도 말이다. 그런데 정말 그런 일이 있었나? 혹시 강태승은 내 기억이 만들어 낸 가공의 인물이 아닐까? 너무 외로움에 지친 나머지 화장하는 남자아이를 만들어 내서 놀다가 기억에서 지워 버린 건 아닐까? 그게 맞다면 태승이를 다시 만나지 못한 이유가 충분하다. 강태승은 가공의 인물이었으니까. 현실에서는 영원히 만나지 못하겠지. 그렇게 생각하면 태승이에 대한 그리움 따위는 존재하지 않게 된다.

17

2학년 때 운명처럼 한 아이가 나에게 왔다.

학기 초 어느 나른한 봄날이었다. 점심시간이 되자 책상에 엎드렸다. 아이들이 다 나가면 미술실이나 음악실에 가서 도시락을 먹을 생각이었다.

"야, 박춘란."

누가 나를 불렀다. 박춘란이라는 내 이름이 고대 생물인 '아노말로카리스'나 '둔클레오스테우스'처럼 낯설게 들렸다. 내 이름을 인지하기까지 몇 초가 걸렸다. 내 이름을 그렇게 노골적으로 성까지 붙여 가며 불러 준 아이는 지금까지 한 명도 없었다. 고개를 들어야 할지 말아야 할지 고민하고 있는데 이번에는 더 큰 소리로 나를 불렀다.

"박춘란, 일어나."

고개를 들 수밖에 없는 흡입력 강한 목소리였다. 고개를 들어 올려다보니 우리 반 회장 신비가 나를 내려다보고 있었다. 햇빛에 반사된 신비의 얼굴은 하얗다 못해 창백했다.

회장 선거에 나왔을 때 신비는 자신을 이렇게 소개했다.

"저는 신비라고 합니다. 성이 신, 이름이 비예요. 레인 비 자를 써서 비. 가수 비하고는 아무 상관 없습니다. 하하하."

신비는 만화의 말풍선처럼 문어체로 하, 하, 하, 하고 한 음절씩 끊어서 웃었다. 아이들이 폭소를 터뜨렸다. 신비는 다섯 표 차이로 회장이 됐다. 물론 나도 신비를 찍었다. 신비는 짧은 머리에 마른 몸, 가늘고 긴 팔과 다리를 갖고 있었는데 중성적인 매력이 있어서인지 여자아이들에게 인기가 좋았다. 회장이 된 것도 여자아이들 대부분이 몰표를 줬기 때문이다. 지금까지는 신비에게 별다른 감정이 없었다. 그런데 신비가 내 이름을 부르는 순간, 신비는 나에게 특별한 존재가 되고 말았다. 마치 김춘수의 '꽃'처럼.

"밥은 먹고 자야지. 가자."

신비가 내 팔을 잡아 일으켰다. 얼떨결에 자리에서 일어났다.

나는 최면에 걸린 것처럼 신비를 따라갔다. 내 발걸음이 모차르트의 레퀴엠 같았다면 신비의 발걸음은 피아노 소나타 같았다. 신비의 발끝에서 통 통 통 통 경쾌한 피아노 소리가 나는 것 같았다.

급식실로 내려갔을 때, 특유의 분위기에 압도당했다. 질서 정연하게 줄 서 있는 아이들, 배식하는 도우미분들, 식기 부딪치는 소리, 여러 음식이 혼합된 냄새. 급식실이 낯설어서 잠시 멍하게 서 있는데 신비가 내 팔을 잡아끌었다.

신비를 따라 배급대로 가서 밥과 반찬을 식판에 담았다. 신비는 아는 아이들을 만날 때마다 경쾌하게 인사했다. 신비 주위에 아이들이 몰려들었다. 자리에 앉은 신비가 식판을 들고 어정쩡하게 서 있는 나에게 자기 옆자리를 가리켰다.

"여기 앉아."

나는 신비 옆자리에 앉았다.

신비 옆에 앉아 있으니 신비에게 보호받고 있다는 느낌이 들었다. 신비가 나를 보호해 주고 있어서 어떤 위험으로부터도 안전할 거라는 황당한 믿음이 생겨 버렸다. 그런 감정은 처음이었다. 심지어 아빠한테조차 느껴 보지 못했는데.

신비는 밥을 다 먹고 내가 옆에 있는 것도 의식하지 못한 채, 앞자리에 앉아 있던 아이와 수다를 떨며 식당에서 나갔다. 그날 나는 내가 살던 세상에서 신비가 사는 세상으로 건너뛰었다. 내가 살던 세상이 어둠과 그늘과 온갖 우중충한 것으로 덮여 있었다면 신비가 사는 세상은 밝음과 환희와 온갖 상쾌한 것으로 둘러싸여 있었다.

교실에 들어가자마자 신비 자리를 봤다. 신비는 자리에 없었다. 내 자리에서 대각선으로 보이는 곳이 신비 자리였다. 내 자리에 가서 앉은 뒤에도 신비 자리만 쳐다보았다. 신비가 빨리 교실에 들어와 그 자리에 앉기를 설레는 마음으로 기다렸다.

점심시간이 거의 끝나 갈 때쯤, 신비가 앞문으로 들어왔다. 신비를 보는 순간 불에 달궈진 항아리를 뒤집어쓴 것처럼 얼굴이 뜨거워졌다. 신비는 바나나우유를 빨대로 쪽쪽 빨며 자리에 앉았다. 나는 책을 펼쳐 들고 고개를 숙인 채 신비를 훔쳐보았다.

수업 시간 내내 내 눈은 신비에게로 가 있었다. 신비의 하얗고 긴 목덜미를 계속 훔쳐보았다. 가끔씩 자세를 바꿀 때 보이는 등의 미세한 움직임, 칠판을 응시하는 보이지 않는 시선, 심지어는 신비의 숨소리까지 내 눈에 담고 싶었다.

수업에 집중이 되지 않았다. 분명히 칠판을 보고 있었는데 어느새 눈은 신비에게로 가 있었다. 마음속에서 뭔가 뜨거운 것이 끓어올랐다. 7교시 수업이 끝날 때까지 끓는 용암은 식지 않았다.

찬찬히 신비를 관찰했다. 신비에게는 함께 어울려 다니는 서너 명의 친구들이 있었지만 누구도 절친 같지는 않았다. 친구들과 적당한 거리가 있었고 그 테두리 안에서 신비는 혼자였다. 밝은 에너지로 둘러싸인 듯 보였지만 언뜻 쓸쓸함이 보였다. 혼자 멍하니 창밖을 바라보는 시선에서, 좁고 기다란 어깨에서, 뒷짐 지고 복도를 걷는 걸음걸이에서. 심지어는 아이들과 농담하며 웃을 때도 입은 웃고 있지만 눈은 웃고 있지 않았다. 신비가 어떤 삶을 살고 있는지 알고 싶었다. 누군가의 생애가 궁금했던 건 그때가 처음이었다.

18

수업이 끝나고 혼자 집으로 올 때도, 혼자 내 방에 들어가 침대에 누웠을 때도, 식구들과 함께 밥을 먹을 때도 내 머릿속은 온통 신비로 가득했다. 책을 펼치면 책장 사이에 신비가 보였고 침대에 누워 눈을 감으면 암흑 속에서 신비가 서서히 떠올랐다. 생각하지 않으려고 애써도 소용없었다.

신비를 향한 내 감정의 정체를 알 수 없었다. 동성의 또래에게 가질 수 있는 감정이 아니었다. 그렇다고 이성을 향한 감정도 아니었다. 그냥 좋았다.

'그냥 좋은' 감정에 대해서도 생각했다. 어쩌면 좋아하고 있다는 착각이거나 좋아한다는 감정 자체가 가짜가 아닐까? 순간적으로 뇌가 착각을 해서 감정선이 뒤죽박죽이 됐을 수도 있다. 또 누군가를 좋아하고 싶다는 열망이 신비를 좋아한다는 감정으로 위장한 건지도 몰랐다. 어쨌든 그렇다면 내일은 내 감정이 정상이 될 거라고 믿기로 했다. 그러나 그 믿음은 다음 날이 되면 여지없이 깨졌다. 교실에 신비가 있으면 기분이 좋았고 없으면 불안해져서 신비가 교실에 들어올 때까지 초조하게 기다렸다. 신비가 옆으로 스쳐 지나가면 얼굴이 빨개지고 심장이 떨렸다. 어느새 신비를 보며 좋아하는 게 일과가 되어 버렸다. 내가 정말 신비라는 아이를 좋아하고 있는지, 누군가를 좋아하는 내 마음을 좋아하고 있는지 혼란스러웠다.

그러다 마침내 그 혼란스러움의 정체를 확인하는 날이 왔다.

체육 시간이 끝나고 탈의실에서 체육복을 갈아입을 때였다. 신비가 옆에서 상의를 벗다가 팔로 내 옆구리를 살짝 쳤다.

"아, 미안. 괜찮아?"

신비가 놀란 얼굴로 내 옆구리를 손으로 쓰다듬었다. 그 순간 수만 볼트의 전기가 옆구리를 스쳐 지나가는 것처럼 짜릿했다. 그 짜릿함이 지나간 뒤 온몸에 소름이 돋았다. 그러면서 몸이 달 뜨고 흥분됐다. 황홀한 기분은 교실에 돌아와서도 계속됐다. 그 기분을 하루 종일 음미했다. 너무 맛있어서 아껴 먹고 싶은 초콜릿처럼. 그 순간의 감정을 조금씩 꺼내 즐겼다.

그 일이 있고 나서 신비를 향한 마음이 아마도 누군가 '사랑'이라고 명명한 감정일지도 모른다는 생각이 들었다. 내가 그토록 증오하던 단어, 누구나 아무런 책임 없이 쉽게 내뱉는 단어, 세상에서 가장 흔한 단어. 사랑이라니. 말도 안 된다고 부정해 봤지만 사랑이라는 단어보다 내 감정을 극적으로 표현할 수 있는 단어가 떠오르지 않았다.

사랑이라고 규정하고 나니 더 혼란스러워졌다. 내가 동성을 사랑할 거라고는 단 한 번도 생각해 본 적이 없었다. 그래서 내 나이가 되면 동성에게 느낄 수 있는 일종의 호기심이라고 생각하기로 했다. 시간이 지나면 차차 이런 감정도 사라지겠지, 그때까지 참고 견디자. 그렇게 다짐, 또 다짐했다. 혼자 있을 때는 그렇게 정리가 됐다. 그러나 교실에 들어가면 가까스로 정리된 감정이 여지없이 무너졌다. 신비를 보면 또 설렘과 두근거림과 얼굴이 화끈거리는 증세가 나타났다.

신비가 있는 교실은 천국도 됐다가 지옥도 됐다. 하루에도 몇 번씩 온몸이 환희에 넘쳐 끓어오르다 차디찬 고통의 나락으로 떨어졌다. 지독한 열병에 시달렸다. 황홀하고도 고통스러운 병이었다.

여름방학이 가까워오자 방학 때 신비를 보지 못한다는 불안감과 이제는 신비로부터 벗어날 수 있다는 양가감정이 내면에서 서로 싸웠다. 그리고 마침내 죽을힘을 다해 이 미친 감정의 널뛰기를 끝내기로 결심했다.

19

여름방학식 날, 새벽에 일어나 학교에 갔다. 교문은 굳게 잠겨 있었다. 보안관이 교문을 열자마자 안으로 뛰어 들어갔다.

아직 아무도 오지 않은 빈 교실에는 밤새 고여 있던 시큼한 냄새가 났다. 가방에서 편지를 꺼내 재빨리 신비 책상 서랍에 넣었다.

밤새 편지를 썼다. 한 글자 한 글자 꾹꾹 눌러서 진심을 담았다. 이런다고 뭐가 달라지나 싶었지만, 그렇게라도 하지 않으면 영영 신비의 환영에서 벗어나지 못할 것만 같았다. 사람은 누구나 이 기적이라고 했던 태승이 말이 옳았다. 신비를 위해서가 아니라 나를 위해서 편지를 썼다.

신비 책상 서랍에 편지를 넣어 놓고 돌아서자마자 후회했다.

아무것도 모르는 신비는 편지를 받고 어떤 심정일까? 난처해하지 않을까? 비웃지나 않을까? 편지 보낸 사람을 찾으려고 할까?

시간이 지날수록 불안하고 초조해졌다. 그리고 마침내 편지를 꺼내 와야겠다고 생각하고 신비 자리로 가서 서랍에 손을 넣으려는데 부회장이 뒷문을 열고 들어왔다. 부회장은 자기가 일등으로 온 줄 알고 있었는지 나를 보더니 실망한 표정으로 자기 자리로 갔다. 결국 편지를 꺼내지 못했다.

20

어렸을 때 잠을 자고 있는데 누가 내 뺨을 가만히 만졌다. 따뜻하고 부드러운 손이었다. 눈을 뜨면 거짓말처럼 그 손이 사라질 것 같아서 계속 눈을 감고 있었다. 아가야. 우리 아가. 잘 자라. 손보다 더 부드러운 목소리가 들려왔다.

나는 궁금해서 미칠 지경이었다. 살짝 실눈을 뜨고 올려다보았다. 얼굴이 하얗고 몸집이 조그마한 여자가 나를 내려다보고 있었다. 여자는 부드러운 손으로 내 이마와 뺨을 쓰다듬으며 자장가를 불렀다. 나는 그 여자가 우리 엄마일 거라고 생각했다. 지금도 그때를 생각하면 꿈이었는지 현실이었는지 알 수가 없다. 신비를 생각해도 그렇다. 신비라는 존재가 현실에 있었는지, 아니면 내 왜곡된 기억의 일부분인지. 그러다 내가 만들어 낸 인물이라고 생각하니, 포기가 빨랐다. 태승이처럼.

21

여름방학 내내 버스를 타고 시립도서관에 다녔다. 도서관에는 공무원 시험공부를 하러 온 공시생들이 오전부터 밤까지 꼼짝도 하지 않고 책상에 앉아 있었다. 공시생들 책상에는 『9급 공무원 6개년 기출문제집』 같은 책들이 수북이 쌓여 있었다. 그들에게서 어떤 절박함이 느껴졌다. 그 절박함은 숨을 조이는 긴장감으로 이어졌다. 절박함과 긴장감 사이에 앉아 공시생처럼 공부했다.

새엄마가 아침마다 식탁 위에 내 도시락을 올려 두었다. 도시락은 생각보다 괜찮았다. 새엄마가 들어와 좋은 점도 있었다. 더는 먹는 문제로 고민하지 않아도 된다는 거였다. 아빠랑 둘이 살 때는 먹는 게 가장 큰 문제였다. 아빠는 연애에는 소질이 있어도 요리에는 영 소질이 없었다. 제대로 음식다운 음식을 먹어 본 기억이 없었다. 냉장고에는 언제나 시장에서 산 반찬들과 생고기가 쌓여 있었다. 어느 날은 삼겹살, 어느 날은 쇠고기, 어느 날은 삼계탕. 요리랄 것도 없었다. 그런데 새엄마는 요리를 했다. 그중에는 내가 처음 먹어 보는 것도 많았다.

가장 맛있는 음식은 돼지 뒷다리살 냉채였다. 돼지고기라면 삼겹살밖에 모르는 나에게 돼지 뒷다리살 냉채는 돼지고기 요리의 신세계였다. 그 외에도 찜닭, 밀푀유나베, 제육볶음 같은 음식이 올라왔다. 냉장고에는 생고기 대신 신선한 채소와 과일이 가득 들어 있었다. 덕분에 여름방학 동안 내 몸무게는 5킬로그램이나 늘고 말았다.

새엄마는 행복해지려고 최선을 다해서 노력하는 사람 같았다. 나에게 상냥하게 대했고 아빠한테 최선을 다했다. 집 안은 깔끔했고 늘 향기로운 냄새가 났다. 아빠는 더할 나위 없이 행복해 보였다.

아빠와 새엄마는 나에게도 그 행복에 동참하기를 바랐다. 그러나 나는 동참할 수 없었다. 새엄마는 아빠의 아내였고 유담이는 새엄마의 딸이었다. 그들은 나하고는 교집합이 전혀 없었다.

22

여름방학이 끝나고 학교에 갔다. 학교에 가는 동안 세포 속에 숨어 있던 방학식 날의 기억이 떠올랐다. 편지. 신비. 짝사랑. 고통. 환희. 이런 단어들이 걸을 때마다 발끝에서 툭툭 그 존재감을 드러냈다.

학교가 가까워올수록 두려움의 덩어리가 점점 커졌다. 신비를 다시 봤을 때, 내 감정이 어떨지 그 정체를 모르니 더 두려웠다.

학교에 도착해 고개를 푹 숙인 채 교실에 들어갔다. 신비 자리를 쳐다보지 않고 내 자리에 가서 앉았다.

교실은 소란스러웠다. 아이들이 뱉어 내는 말소리와 숨소리가 폭발할 것 같았다. 수많은 단어와 음절들이 맥락 없이 이어졌다가 끊어지는 소란 속에서 계속 신비의 목소리를 찾았다. 하지만 신비의 목소리는 들리지 않았다. 고개를 들어 신비를 보고 싶었다. 당장이라도 눈앞에 있는 신비의 실체를 확인하고 싶었지만 나는 참고 또 참았다.

담임이 들어와 조회를 할 때까지 나는 고개를 푹 숙인 채 책상만 내려다보고 있었다.

담임이 말했다.

"즐거운 소식 하나와 안 즐거운 소식 하나가 있는데 뭐부터 들을래?"

"즐거운 소식이요!"

"그럴 줄 알았다. 즐거운 소식은 다음 주에 수학여행을 간다는 거고 안 즐거운 소식은 다음 달에 모의고사가 있다는 거다."

"에이, 그런 게 어딨어요." "뭐 스케줄이 이따구냐" 같은 불만이 튀어나왔다. 그중에서 신비의 목소리가 있는지 또 귀를 기울였다. 역시 신비 목소리는 들리지 않았다.

눈앞에 있는 사람을 외면한다는 건 결코 쉬운 일이 아니었다. 그러나 신비를 보지 않으려고 이를 악물었다. 신경이 쓰이는 것까지 막을 수는 없었지만 적어도 내 눈에 들어오지 않게는 할 수 있었다. 내 자리에서 되도록 움직이지 않고 앉아 있거나 부득이하게 움직일 때는 고개를 푹 숙이고 다녔다.

종례시간에 담임이 종이 한 장씩 나눠 주었다. 종이에는 수학여행 조별 명단이 적혀 있었다.

3조
신비, 윤여름, 김도희, 박춘란, 백솔지, 손연정

교실에 한바탕 난리가 났다. 아이들이 무슨 근거로 조를 짰느냐고 항의하자 담임은 이 기회를 통해 서로 친하지 않은 사람끼리 친해지라는 의미에서 신중하게 짠 거라고 항변했다.

다시 명단을 훑어봤다. 3조에 김도희가 있었다. 김도희는 중학교 때 이후 허언증을 고쳤는지 고등학교에 올라와서는 아무 문제를 일으키지 않았다. 같은 반이 됐지만 김도희와 한 번도 얘기를 나눠 본 적이 없었다. 그렇게 따지면 3조에서 신비만 빼고 다른 아이들과도 마찬가지였다. 명단을 보며 마음속으로 결심했다. 무슨 수를 써서라도 이번 수학여행을 가지 않겠다고.

23

 다음 날 점심시간 때 이어폰을 꽂고 책상에 엎드려 있는데 누가 내 등을 톡톡 쳤다. 고개를 들어 보니 맙소사! 신비였다. 처음 신비가 내 이름을 불러 줬던 학기 초와 장면이 똑같았다. 어느 게 진짜이고 어느 게 가짜인지, 기시감이 느껴졌다.

 신비는 변함이 없었다. 짧은 머리가 귀를 덮을 만큼 길었고 새하얗던 피부가 약간 그을려 건강해 보인다는 점만 빼고.

 "너 3조 맞지? 이따 3조 모일 건데 12시 30분까지 등나무 아래로 올래?"

 마음 정리는 보기 좋게 실패했다. 신비 얼굴을 보는 순간, 내 심장은 고장 난 것처럼 빠르게 뛰었고 얼굴에는 뜨거운 열이 올랐다. 신비가 자기 자리로 돌아간 뒤에도, 흥분 상태는 좀처럼 가라앉지 않았다.

 12시 30분이 가까워지자 몸과 마음이 따로 움직였다. 마음은 등나무 아래로 가지 말라고 명령하는데 몸은 등나무 아래로 걸어가고 있었다. 운동장에는 점심을 먹고 나온 아이들이 흙먼지 날리며 공을 차고 있었고 등나무 아래에서는 여자아이들이 삼삼오오 모여 앉아 수다를 떨고 있었다. 마지막 벤치에 조원이 모두 모여 있었다.

 신비는 나에게 눈인사를 하더니 아이들을 둘러보며 말했다.

"오늘 이렇게 모이자고 한 건 같은 조가 됐으니까 으쌰으쌰 해 보자는 의미도 있고 또 수학여행 가서 장기자랑을 뭘로 할지 정할까 해서. 어쨌든 내가 조장이니까 앞으로 잘 부탁합니다."

어떤 기준으로 뽑았는지 담임만 알겠지만 우리 조는 신비가 조장이었다.

윤여름과 백솔지가 아이돌 춤을 추자고 했다. 윤여름은 장래 희망이 아이돌이라고 학기 초 자기소개 시간에 말한 적이 있었다. 지루한 수업 시간에는 가끔 앞으로 불려 나가서 춤추고 노래하곤 했다. 신비가 나한테 물었다.

"춘란이 넌 뭘 했으면 좋겠어?"

아이들이 일제히 나를 쳐다봤다. 뜻하지 않은 주목에 숨이 턱 막혔다.

"아무거나."

겨우 그렇게 말했다. 신비는 아이들 한 명 한 명의 의견을 듣고 모아진 의견을 조율했다. 결국은 춤을 추기로 결정됐다. 그 자리에서 서로 전화번호를 교환했다. 신비는 단톡방을 만들어 조원 모두를 초대했다.

윤여름의 제의로 '모모랜드'의 〈뿜뿜〉 춤을 추기로 했다. 윤여름이 우리에게 춤을 가르쳤다. 역시 윤여름은 춤을 정말 잘 췄다. 음악을 틀어 놓고 처음부터 끝까지 시범을 보였는데 진짜 모모랜드가 추는 것 같았다.

시도 때도 없이 카톡이 울렸다. 주로 연습할 시간과 장소를 의논하는 내용이었다. 카톡에서조차 나는 한마디도 하지 않았다. 아이들이 결정을 하면 나는 언제나 '오케이'를 눌렀다.

연습은 때와 장소를 가리지 않았다. 쉬는 시간이나 점심시간, 교실 뒤나 복도, 등나무 아래에 모여서 연습했다. 구호도 만들었다. 연습이 끝난 뒤 손을 맞잡고 세 번 구호를 외쳤다. 나는 신비 옆에 있었기 때문에 신비 손을 잡았다. 신비 손을 잡았을 때 발끝에서부터 머리끝까지 짜릿한 전율이 훑고 지나갔다.

연습이 끝나면 우리는 일제히 잡은 손을 쳐들고 소리쳤다.

"3조! 3조! 포에버!"

24

수학여행 내내 3조는 어디든 함께 다녔다. 버스에서는 앞뒤로 앉았고 식당에서도 같은 테이블에 앉았다. 물론 같은 방을 썼다. 불국사 경내를 함께 걸었고, 다보탑 주위도 함께 돌았다. 왕족의 무덤 사이를 걸었고 토함산에도 올랐다. 서로 사진을 찍어 주고 단체사진을 찍기도 했다. 나에게도 '우리'라는 이름으로 뭉칠 수 있는 팀이 있다는 게 믿어지지 않았다. 신비는 조원들을 잘 챙겼다. 한 사람이라도 보이지 않으면 어떻게든 찾아서 딱 여섯 명을 채워 놓았다. 신비의 리드로 우리는 가장 단합이 잘되는 조로 선정돼 선생님에게 칭찬까지 받았다.

기념품 가게에서 뭘 사야 할지 고민하고 있는데 신비가 다가와서 물었다.

"뭐 살 건데?"

나는 간신히 대답했다.

"모르겠어."

"언니나 동생 있어?"

"동생."

"몇 살이야?"

유담이가 정확히 몇 살인지 모르고 있었다. 그러고 보니 아빠는 유담이 나이도 정확히 알려 주지 않았다.

"다섯 살? 아니, 여섯 살?"

"동생 나이도 몰라?"

얼굴이 화끈거렸다. 신비가 물건들을 둘러보더니 첨성대 모양의 초콜릿 상자를 집어 들었다.

"이거 재밌다. 동생이 좋아할 거 같은데 어때?"

두말하면 잔소리. 나는 초콜릿 상자를 계산대로 가지고 가서 돈을 냈다. 초콜릿은 유담이가 아니라 신비에게 주고 싶었다. 느닷없이 초콜릿을 내밀면 신비 반응이 어떨까?

수학여행 마지막 날 장기자랑 시간이 되자 몸속에서 아드레날린이 폭발하는 것처럼 흥분됐다. 전교생이 모인 강당에서 멋진 공연을 끝냈다. 결과 발표 시간 때 우리 조가 2등으로 불리자 우리는 비명을 지르며 서로를 부둥켜안고 방방 뛰었다. 믿을 수 없을 만큼 기뻤다.

그날 밤, 우리는 흥분된 얼굴로 비좁은 방에 빙 둘러앉았다. 모두가 마지막 날을 화끈하게 보낼 준비가 돼 있는 표정이었다. 윤여름이 가방에서 소주를 꺼냈다. 아이들은 이미 짐작하고 있었다는 듯 의미심장한 미소를 지으며 소주병을 바라보았다. 윤여름이 소주병을 흔들며 말했다.

"지금부터 진실게임 하자. 진실을 말하지 않는 자, 기꺼이 이 술병을 받는 걸로."

아이들이 손바닥으로 방바닥을 두드리며 환호성을 질렀다.

진실게임 법칙은 간단했다. 바닥에 술병을 놓고 돌려 멎었을 때 술병 입구가 가리키는 곳에 앉아 있는 사람이 진실을 고백하는 거다. 만약 진실을 고백하고 싶지 않으면? 그냥 마시면 된다. 이 위험천만한 게임은 수학여행의 하이라이트였다.

아이들의 눈빛이 반짝반짝 빛났다. 윤여름이 기운차게 술병을 돌렸다. 빙그르르르, 술병이 쉴 새 없이 돌았다. 아이들의 눈이 병을 따라 빙글빙글 돌았다. 빠르게 돌던 술병이 속도를 점점 줄이면서 천천히 돌았다. 아이들 얼굴에 긴장감이 가득했다.

빙그르르⋯⋯르⋯⋯르⋯⋯르으.

술병이 윤여름 앞에서 멈췄다. 윤여름은 잠깐 당황한 표정을 짓더니 빠르게 말했다.

"난 초등학교 3학년 때 초경 시작했어."

아이들이 손뼉을 치며 미친 듯 웃어 댔다. 아이들의 웃음 포인트를 이해할 수 없었다. 그게 그렇게 웃을 일인가? 여자라면 누구나 하는 초경을 단지 3학년 때 시작했을 뿐인데. 나는 웃음이 나오지 않았지만 분위기에 맞춰 억지로 따라 웃었다.

윤여름이 다시 병을 돌렸다. 술병이 백솔지 앞에서 멈췄다. 백솔지가 비장한 표정으로 고백했다.

"나는 유치원 때 첫 키스를 했어."

아이들의 고백이 이어졌다. 나는 어렸을 때 심장수술을 해서 가슴에 기다란 흉터가 있어. 나는 버스 안에서 자주 방귀를 뀌어.

나는 슬슬 불안해졌다. 고백할 진실을 머릿속으로 생각했다. 그러나 아무리 쥐어짜 내도 고백할 게 없었다. 그렇다고 엄마가 없다는 고백 따위는 하고 싶지 않았다.

소주병이 김도희 앞에서 멈췄다.

"나 사실 남자 친구 있어."

아이들이 의외라는 듯 김도희를 빤히 바라보았다. 김도희는 우리 반에서 아웃사이더였다. 그렇다고 나처럼 대놓고 외톨이는 아니었다. 친구는 없었지만 외톨이라는 느낌이 전혀 안 들었다. 무엇을 하고 다니는지 늘 바쁘고 정신이 없었다.

백솔지가 한쪽 입술을 올려 비꼬듯 말했다.

"이름도 말해야지."

김도희가 기다렸다는 듯 빠르게 말했다.

"박도윤."

"뭐?"

엄청난 충격파가 방 안을 강타했다. 박도윤이라면 우리 학교 킹카. 여자아이들이 사귀고 싶어서 줄을 서는 인기남이었다.

윤여름이 믿을 수 없다는 듯이 말했다.

"뻥 아냐?"

"박도윤이 뭐가 부족해서."

역시 아이들은 김도희 말을 믿지 않았다. 그 킹카를 감히 네까짓 게? 라는 듯한 표정이었다. 물론 나도 김도희 말을 믿을 수가 없었다. 김도희의 뻥은 이미 중학교 때부터 유명했으니까.

김도희가 휴대폰을 꺼내 사진을 보여 주었다. 사진첩에는 박도윤 사진이 가득했다. 그중에는 둘이서 얼굴을 맞대고 찍은 사진도 많았다. 사진을 본 아이들 얼굴에 짜증이 가득했다. 김도희에게는 미안했지만 두 사람은 너무 어울리지 않았다. 어딘지 모르게 '쇼윈도 커플' 같은 느낌이랄까?

다시 진실게임이 시작되었다. 김도희가 의기양양한 얼굴로 술병을 돌렸다. 술병은 신비 앞에서 멈췄다. 아이들 얼굴이 확 밝아졌다.

"와, 우리 조장님 차례네."

"화끈한 걸로 부탁해."

신비는 운명을 받아들이듯 비장한 얼굴로 말했다.

"나 연애편지 받았어."

방 안이 순식간에 아수라장이 됐다. 나는 순간 멍해졌다. 아이들이 신비에게 바싹 다가갔다.

"누구한테?"

"보여 줘, 얼른."

신비가 주머니에서 종이 한 장을 꺼내 펼쳤다. 편지를 본 아이들이 한마디씩 했다.

"손편지였어? 찐감정이 배어 있네."

"아직도 손편지를 쓰는 조상님이 계시다니."

"난 이런 아날로그 갬성이 좋더라."

편지지를 보는 순간 확신할 수 있었다. 그건 내가 보낸 편지였다. 밤을 새워 가며 썼던 바로 그 노란색 편지지.

신비가 편지를 읽기 시작했다.

신비에게.

아무도 없을 때는 외로움이 뭔지 몰라.

사랑하는 사람이 생기면 그때서야 알게 되지.

외로움이란 죽음과도 같은 공포라는 걸.

너를 알게 되고, 네가 내 마음에 들어온 뒤

나는 외로움을 알아 버렸어.

이제는 돌이킬 수가 없어.

도려내도 흔적은 남을 테니까,

죽을 때까지 숙명처럼 이 상처를 안고 살아가야겠지.

이렇게 불쑥 네 허락도 없이 편지 보내 미안해.

누구인지도 모르는 나를 위해 이쯤은 용서해 주길 바란다.

안 그러면 나 너무 힘들어서 견딜 수가 없을 것 같으니까.

처음이자 마지막으로 고백할게.

사랑해.

주위가 갑자기 조용해졌다. 머릿속이 텅 비어 아무 생각도 나지 않았다. 아이들은 '신비 남친 찾기'를 시작했다. 전교에서 잘나가는 남자애들 이름은 물론 옆 학교 인기남들 이름까지 다 나왔다. 신비는 그때마다 오우, 노우 노우, 외치며 머리를 저었다.

"누구지? 이런 문학적인 연애편지를 쓸 줄 아는 낭만주의자가."
"분명 킹카일 거야."

백솔지와 손연정이 신비에게 누가 보냈느냐고 캐물었다. 신비는 모른다고 했다. 아이들 사이에서 웃고 있던 신비가 갑자기 나를 쳐다봤다.

"춘란아. 넌 혹시 짐작 가는 사람 있어?"

갑자기 훅, 하고 들어온 펀치에 정신을 차릴 수가 없었다. 온몸의 피가 머리로 쏠렸다. 머리가 깨질 것처럼 아팠다.

"아니."

겨우 대답했다.

윤여름이 신비가 들고 있는 편지지를 채 가더니 자세히 들여다보았다.

"이거 여자 글씨인데?"

"그럼 여자가 보냈다는 거야?"

"레즈인가?"

신비가 윤여름한테 편지를 빼앗아 다시 주머니에 넣었다.

"자, 게임 계속하자."

신비가 소주병을 힘껏 돌렸다. 소주병이 힘차게 돌다가 어느 순간 내 앞에서 멈췄다. 아이들이 일제히 나를 바라보았다. 진실을 고백하는 대신 벌주를 선택했다.

나는 술병을 집어 들었다. 그리고 뚜껑을 따서 벌컥벌컥 마셨다. 소주 맛은 썼다. 소주가 목구멍을 넘어갈 때는 예리한 면도칼로 긋는 것처럼 아팠다.

이번에는 내가 소주병을 돌렸다. 잘 돌아가던 병이 이번에도 내 앞에서 멈췄다. 아이들 표정이 굳어졌다. 이번에도 소주를 마셨다. 처음보다는 덜 쓰고 목구멍이 덜 아팠다. 나는 계속 걸렀다. 세 번째 소주는 약간 달짝지근한 맛이 느껴졌고 네 번째 소주는 맹물처럼 아무 맛이 없었다. 소주가 이렇게 물맛이라면, 다섯 병이라도 마실 수 있을 것 같았다. 취한 것 같지 않은데 이상하게 몸이 말을 듣지 않았다. 똑바로 앉아 있으려고 해도 자꾸 몸이 무너져 내렸다.

아이들 입에서 진실이 끝도 없이 계속 나왔다. 나중에는 고백할 게 바닥이 나서 자신이 사실은 외계인이라고 말한 김도희는 소주 반병을 마셔야 했다. 진실은 누구도 알 수 없지만 거짓은 누구나 알 수 있었다.

김도희가 소주를 마시는 것을 마지막으로 본 뒤 필름이 끊어졌다. 이상한 고요가 방 안에 가득 찼다. 아이들이 입을 벙긋거리며 아무 말이나 하고 있었지만 내 귀에는 어떤 소리도 들리지 않았다. 완벽한 무음의 세계였다. 그 고요를 뚫고 방바닥에서 회오리바람이 일기 시작했다. 회오리바람은 천천히 방바닥을 돌더니 내 무릎까지 올라왔다. 소용돌이 속으로 빨려 들어갈 것만 같아서 간신히 무릎을 잡고 버텼다. 작은 점에서 시작한 회오리는 이제 방에 있는 모든 것을 삼킬 만큼 커졌다. 그러다 어어, 하는 사이에 내 몸은 거대한 회오리바람 속으로 빨려 들어가고 말았다.

25

문득 눈이 떠졌다. 방 안에는 아무도 없었고 창에서 들어온 빛 한 줄기가 벽과 바닥에 기하학무늬를 만들어 내고 있었다.

밧줄로 내 몸을 꽁꽁 묶어 놓은 것처럼 움직일 수가 없었다. 안개가 걷히듯 서서히 지난밤이 떠올랐다. 진실게임, 술, 고백, 신비의 편지 낭독 그리고 회오리바람. 그 뒤로는 기억이 없다. 몸을 움직여 보려고 했지만 흠씬 두들겨 맞은 것처럼 온몸이 쑤시고 아팠다. 머리는 바윗덩어리로 눌러놓은 것처럼 무거웠다. 계속 누워 있었다. 일어나는 순간 악몽이 시작될 것 같아 두려웠다.

한참 뒤 밖에서 소란스러운 소리가 들려왔고 곧 담임이 들어왔다.

"괜찮니?"

담임이 침대로 다가왔다. 담임에게서 마른 낙엽 냄새가 났다. 일어나 앉으려고 했지만 머리가 너무 무거워서 일어날 수가 없었다. 담임이 속을 알 수 없는 표정으로 한숨을 푹 내쉬었다.

"그럼 좀 더 쉬어라."

담임이 나가고 아이들이 들어왔다. 물속처럼 고요하던 방 안이 떠들썩해졌다. 나는 재빨리 이불을 뒤집어썼다. 계획표대로라면 오늘 새벽 토함산에 올라가 일출을 보고 점심을 먹고 출발해야 했다. 그렇다면 벌써 토함산 등반을 마치고 돌아온 건가. 아이들이 동시에 떠들어 대서 무슨 말을 하는지 제대로 알아들을 수 없었지만 졸라 짜증 나, 열라 힘들어 같은 문장들이 들렸다. 우당탕 발자국 소리, 꺄르르 웃는 소리, 방문이 열렸다 닫히는 소리, 들락거리는 소리가 나고, 그렇게 한참이 지난 다음에야 방이 조용해졌다. 나는 이불 속에 갇힌 채 간신히 숨만 쉬고 있었다. 목도 마르고 화장실에도 가고 싶었지만 꾹 참았다. 이불 밖으로 나가는 건 위험했다. 방이 조용해지자 이불을 걷고 나오려는데 갑자기 문이 열리는 소리가 났다. 나는 재빨리 이불을 뒤집어썼다.

"안 자는 거 알아. 일어나."

낯익은 목소리가 들렸다. 내가 책상에 엎드려 있을 때 나를 흔들어 깨웠던 그 목소리. 언제나처럼 다정하게 나를 부르는 목소리. 신비였다.

나는 이불 속에서 이불과 함께 이 세상에서 사라지고만 싶었다. 도저히 신비 얼굴을 볼 자신이 없었다. 신비가 내 이불을 걷었다. 환한 빛에 눈이 부셨다.

신비가 침대에 앉아서 나를 내려다보았다. 나는 눈을 감았다.

신비가 내 이름을 불렀다.

"춘란아."

그 목소리가 너무나 달콤해서 마법에 걸린 것처럼 눈을 떴다. 신비가 손을 내밀었다. 설마 저 손을 잡으라는 건가? 내가 망설이고 있는데 신비가 손을 더 가까이 내밀더니 내 손을 잡고 힘차게 끌어 올렸다.

"점심 먹고 출발해야 돼. 빈속에 버스 타면 멀미 나. 식당에 같이 가자."

나는 어떤 거대한 운명에 이끌리듯 신비 손에 끌려 나갔다. 식당까지 가는 동안 신비는 내 손을 놓지 않았다.

우리는 수학여행의 마지막을 함께했다. 나란히 앉아 밥을 먹고 숙소 근처를 산책했다. 붉고 노란 나뭇잎들이 우리 발밑에서 바스락거렸다. 너무나 행복해서 내 몸이 나뭇잎처럼 바스라질 것만 같았다. 신비와 걸으며 대화를 나누고 이어폰을 하나씩 귀에 꽂고 음악을 함께 들었다. 같이 사진도 찍었다. 어제까지만 해도 내 운명에는 없던 장면들이었다. 그런데 오늘 나는 마치 오래 사귄 연인처럼 신비와 짧은 데이트를 했다. 하루 만에 내 운명이 완전히 뒤바뀌었다.

경주는 기적의 땅이었다. 무덤 속에 있는 신라 사람들이 나를 축복해 내 사랑이 이루어지게 해 주었다. 왕족의 무덤 사이를 신비와 걸을 때 어떤 초월적인 존재의 힘을 느꼈다. 그 초월적인 존재는 수백 년 전 신라의 달밤을 거닐던 어느 이룰 수 없는 커플이었을 것이다. 공주와 시녀이거나 왕자와 시종이거나. 아무튼 두 사람은 뜨겁게 사랑했지만 신분의 벽과 함께 성별의 벽을 넘지 못해 끝내 비극적인 최후를 맞이하여 한 사람은 거대한 무덤에 묻혔고 한 사람은 먼지처럼 사라졌을 것이다. 그들이 먼 훗날 신비와 내 몸에 스며들어 비로소 사랑의 결실을 맺은 것이리라.

'아, 지금 내가 무슨 상상을 하는 거지. 미쳐도 단단히 미쳤구나.'

26

이 세계에는 인간의 힘으로 풀 수 없는 수많은 미스터리가 존재한다. 풀려고 하면 할수록 더 미궁 속으로 빠지고 마는. 미스터리는 미스터리인 채로 남겨 두어야 한다. 그래야 진짜 미스터리가 되는 것이다.

신비와 내가 어떻게 가까워졌는지도 미스터리 중 하나였다. 나는 그 미스터리를 영원히 풀지 않겠다고 다짐했다. 그래서 신비에게 아무것도 묻지 않았다. 신비가 나에게로 왔다는 사실이 중요했다. '왜?'라는 의문은 우리 사이에 필요치 않았다.

수학여행에서 돌아온 다음 날부터 우리는 공식적인 커플이 됐다. 우리는 절친들이 그러하듯 늘 붙어 다녔다. 화장실에 갈 때도, 급식실에 갈 때도, 쉬는 시간에도 신비가 내 자리로 오거나 내가 신비 자리로 갔다.

우리는 수학여행에서 돌아오는 버스 안에서 내내 손을 잡고 있었다. 내 손을 잡은 신비가 귀에 대고 속삭였다.

"춘란이라는 이름을 부르면 내 입술에서 봄바람이 불어오는 것 같아. 춘란이라는 이름처럼 멋진 이름을 들어 본 적이 없어."

태승이와는 손을 잡아도 아무 느낌이 없었다. 태승이와 좁은 침대에서 누워 게임을 하거나 책을 읽은 적도 있었다. 서로의 몸에 발을 걸쳐 놓거나 태승이와 몸이 밀착됐을 때에는 귀찮아서 발로 차 버렸을 정도였다. 그러나 신비는 달랐다. 신비가 내 손을 잡았을 때, 내 귀에 대고 속삭였을 때, 내 몸은 물에 젖은 설탕처럼 녹아내리는 것 같았다.

신비를 짝사랑할 때는 신비 옆을 스치기만 해도 온몸이 사시나무처럼 떨렸다. 감당할 수 없을 만큼 슬펐고, 그 무게만큼 황홀했다. 그때는 세상의 가장 높은 곳에서 가장 낮은 곳으로 번지점프를 하는 기분이었다. 그런데 이제는 세상의 가장 낮은 곳에서 가장 높은 곳으로 날아오르는 기분이다.

어떤 상황에서든 내 감정은 극과 극을 오갔다.

27

패밀리 레스토랑은 식기 부딪치는 소리와 음식을 나르는 사람들로 북적거렸다. 생일을 맞은 유담이는 고깔모자를 쓴 채 의젓하게 앉아 있었다.

아빠는 들떴고 새엄마는 화사했다. 아빠는 접시에 음식을 가득 담아 먹고 또 먹었다.

"우리 춘란이 많이 먹어. 여기 있는 거 다 먹어도 돼."

그럴 필요가 전혀 없는데도 아빠는 틈틈이 나를 챙겼다.

여름방학 때 새엄마가 싸 준 도시락 덕분에 나는 새엄마와 한층 가까워졌다. 딱히 싫어할 이유가 없었다. 동화에 나오는 나쁜 계모도 아니고 유담이와 나이 차이가 많이 났기 때문에 콩쥐팥쥐 같은 갈등 요소도 없었다. 오히려 좋은 점이 많았다. 매일 맛있는 음식을 먹을 수 있었고 아빠와 분담해서 하던 집안일에서 해방될 수 있었다. 물론 아빠는 새엄마와 집안일을 함께 했지만 나는 집안일에서 제외되었다.

불편한 점도 있었다. 가족이라는 이름으로 원하지 않는 자리에 함께 있어야 했다. 이번에도 신비와의 약속을 미루고 생일파티에 참석해야 했다. 가족 사이에는 공유되는 분위기라는 게 있다. '나'는 최대한 배제되고 '우리'가 유별나게 강조되는 게 가족공동체라는 것을 아빠의 결혼을 통해 알게 됐다.

식사를 하면서도 신비와 계속 문자를 주고받았다.

—춘란. 지금은 뭐 먹음?

접시에 가득 담긴 음식을 찍어 전송했다.

—아, 먹고 싶다.

―같이 왔으면 좋았을 텐데.
―다음에 같이 가자.
―꼭.

 이런 사소한 문자를 주고받는 게 좋았다. 그런 대상이 나에게도 있다는 게 기적 같았다.

 유담이는 한시도 자리에 앉아 있지 않았다. 한창 호기심이 왕성할 나이라 이곳저곳 구경하러 다녔다. 아빠도 유담이를 잡으러 다니다 지쳤는지 포기했다.
"춘란아. 유담이 좀 찾아 올래?"
 새엄마와 다정하게 대화를 나누며 식사를 하던 아빠가 부탁했다. 신비와 문자를 주고받느라 유담이가 없어진 것도 몰랐는데.
 유담이를 찾으려고 자리에서 일어났다. 시간이 지나자 레스토랑 안에 사람들이 더 많아졌다. 사람들은 접시에 음식을 가져다 내일 세상이 끝나기라도 할 것처럼 끊임없이 먹어 댔다. 테이블마다 빈 접시가 쌓였고 종업원들이 연신 빈 접시를 가져갔다.
 유담이는 창가에 있는 한 테이블에 앉아 있었다. 테이블에는 여자들이 서너 명쯤 앉아 있었는데 모두 유담이를 보며 큰 소리로 웃고 있었다. 여자들은 하나같이 진한 화장에 가슴이 파이고 몸매가 드러나는 화려한 옷을 입고 있었다. 한눈에 봐도 평범한 여자들이 아니었다. 음식 접시를 든 사람들이 한 번씩 그 쪽을 힐끔거리며 지나갔다.

"유담아."

큰 소리로 유담이를 불렀다. 유담이가 나를 보더니 의자에서 폴짝 뛰어내렸다.

"언니야."

나는 유담이 손을 꼭 잡았다. 유담이가 이상한 여자들 틈에 있는 게 기분이 나빴다.

"돌아다니면 어떡해."

유담이는 여자들을 향해 손을 흔들었다.

"언니들 빠이빠이."

유담이 손을 잡고 돌아서는데 그중 한 명이 일어났다.

"박춘란?"

그 테이블에서 내 이름이 나올 거라고는 상상도 못 했다. 원형 테이블 중앙에 앉아 있던 여자가 나를 쳐다보고 있었다. 허리까지 길게 늘어트린 금발머리에 형광색 짧은 원피스 차림의 여자가 긴 다리로 성큼성큼 걸어왔다. 화장이 진하다 못해 기괴했다. 가늘고 긴 갈매기 눈썹에 빗자루를 붙여 놓은 것 같은 풍성한 속눈썹, 황금색 아이섀도와 검붉은 입술. 여자는 희고 가지런한 이를 드러내며 미소를 지었다. 모르는 여자였지만 어딘지 모르게 낯이 익었다.

여자가 검은 구슬 같은 커다란 눈망울을 이리저리 굴리며 나를 뚫어져라 쳐다봤다.

"맞네, 박춘란."

누구지? 이 귀에 익은 목소리는?

"누구세요?"

"너 그대로구나."

여자의 화장을 걷어 낸 얼굴을 상상해 보았다. 오똑한 코와 얇은 입술, 크고 선명한 눈망울.

"강…… 태승? 설마?"

여자가 그제야 활짝 웃었다.

"못 알아보면 나 울려고 했는데, 하하."

28

짙은 화장 너머로 보이는 얼굴은 분명히 태승이었다. 태승이는 완전히 다른 사람이 되어 있었다. 키도 내 머리 하나만큼 더 자랐고 몸매도 날씬해졌다. 화장은 중학교 때와는 다르게 진짜 드래그 퀸처럼 프로페셔널했다.

태승이는 나에게 친구들을 소개했다. 테이블에 앉아 있는 사람들은 모두 여장 남자들이었다. 태승이와 친한 드래그 퀸 멤버로 각자 디디, 나나, 트레시아, 모더나, 세실리아 같은 이름을 갖고 있었다. 그들은 보라색, 은색, 빨강, 초록색 가발을 쓰고 있었고 하나같이 화려한 디자인의 옷을 입고 있었다. 마치 화려한 치장이 단체복이라도 되는 것처럼. 그러나 화려한 화장과 옷으로 언뜻언뜻 보이는 남성성을 숨길 수는 없었다. 복숭아씨 같은 울대뼈가 그대로 드러난 사람도 있었고 종아리에 울퉁불퉁한 알이 박힌 사람도 있었다. 각자의 화장과 차림새는 달랐지만 그럼에도 모두가 어마어마한 매력을 풍기고 있었다.

태승이 예명은 '바이올렛'이라고 했다. 내가 알고 있던 태승이와 바이올렛 사이의 간극은 쉽게 메울 수 없을 것 같았다.

태승이가 물었다.

"어떻게 지냈어?"

"그러는 넌?"

지나가는 사람들이 아예 노골적으로 우리 둘을 빤히 쳐다보며 지나갔다. 태승이는 그런 시선 따위 전혀 신경 쓰지 않았지만 나는 사람들의 시선이 불편했다.

"번호나 불러."

조금은 시니컬하게 말했다. 태승이는 멋쩍은 듯 웃더니 새 번호를 알려 주었다.

드래그 퀸들은 명랑함을 넘어 소란스러웠다. 쉴 새 없이 먹으며 떠들었다. 큰 소리로 웃고 필요 이상으로 머리와 옷을 매만졌다. 주변 사람들의 시선을 오히려 즐기는 듯했다.

태승이도 동료들이 신경 쓰였는지 내 귀에 대고 속삭였다.
"니가 이해해라. 우린 사람들이 안 쳐다볼 때가 오히려 더 비참하거든."

유담이는 내 손을 놓고 아빠와 새엄마가 있는 테이블로 갔다. 태승이는 유담이를 빤히 쳐다보고 있었다.

"아빠 재혼했어. 새엄마 딸이야."

태승이도 아빠를 알고 있었다. 아빠를 만나 인사를 한 적도 몇 번 있었다.

"니 동생 귀엽더라. 너랑은 전혀 다르던데?"

태승이가 흰 이를 드러내며 웃었다. 태승이가 이렇게 잘 웃었나? 기억을 떠올려 보니 그때는 태승이가 웃는 모습을 본 적이 거의 없었다. 웃는 태승이는 웃지 않았을 때보다 더 좋아 보였.

아빠가 나를 찾으러 왔다가 태승이를 보고 그 자리에 얼어붙어 버렸다. 태승이가 아빠를 보더니 반갑게 인사했다.

"아버님. 저 태승이에요. 그동안 잘 지내셨어요?"

아빠의 그 놀란 표정은 평생 잊을 수 없을 것 같았다.

그날 밤부터 태승이와 문자를 주고받았다. 우리는 그동안 아무 일도 없었던 것처럼 문자로 수다를 떨었다.

―너 참 멋지더라.

―넌 새가족이랑 화목해 보이던데.

―꿈에 다가선 기분은?

―말해 뭐 해. 학교생활은 어때? 여전히 외톨이?

잊고 있었는데 신비가 떠올랐다. 수학여행 이후 내내 나를 들뜨게 하고 약에 취한 것처럼 몽롱하게 했던 존재인 신비를 이렇게나 싹 잊을 수 있다니, 놀라웠다.

―외톨이 아니거든?

―오, 남친이라도 생겼냐?

―사랑하는 사람이 생겼어.

―와, 축하축하. 누군데?

―비밀.

태승이는 더는 아무것도 묻지 않았다. 여자를 좋아한다고 떳떳하게 밝히지 못하는 내 자신이 싫었다. 게이라고 놀림을 당한 태승이처럼 레즈비언이라고 놀림을 당할까 봐 두려웠는지도 모른다. 태승이에게조차 터놓고 말하지 못할 만큼 내 사랑에 자신이 없다는 증거인가?

태승이에게 신비를 비밀로 했듯 신비에게도 태승이 존재를 비밀로 했다. 태승이를 만났다는 걸 말하지 않은 게 살짝 마음에 걸렸다. 하지만 태승이 얘기를 하면 신비가 어떻게 받아들일지 두려웠다. 태승이는 남사친일 뿐이지만 신비가 믿어 줄지 걱정도 됐다. 어차피 태승이는 학교에도 다니지 않고 자주 만나지 않을 사이니까 굳이 말할 필요가 없다고 생각했다.

29

 모의고사가 끝난 뒤 신비와 시내로 나갔다. 신비는 헐렁한 티셔츠와 청바지를 입고 스냅백 모자를 쓰고 있었다. 보이시한 스타일의 옷차림이었다. 나는 평소에 가장 아끼는 노란색 원피스를 입었다. 내 외모 중에서 가장 자신 있는 다리가 드러나는 짧은 길이의 원피스였다.

 우리는 손을 잡고 시내를 걸어다녔다. 휴대폰 매장 앞에서 춤을 추며 호객행위를 하는 내레이터 모델을 구경하기도 하고 소스를 잔뜩 뿌린 핫도그를 사 먹기도 했다. 인형뽑기도 하고 다이소에서 쇼핑도 했다.

 마지막으로 들른 곳은 노래방이었다. 신비는 노래를 잘했다. 신비가 노래하는 동안 나는 넋을 놓고 신비를 쳐다보았다. 신비가 몇 번 마이크와 노래책을 내 앞으로 내밀었지만 나는 아는 노래도 없고 노래를 잘하지도 못했기 때문에 사양했다.

"나 혼자 부르니까 재미없네."

 신비가 입을 빼죽 내밀었다.

"미안해. 난 아는 노래가 없어."

"괜찮아. 그래서 내가 널 좋아하는 거야. 넌 천연기념물이거든."

 신비가 나를 좋아하는 이유를 말해 줄 때마다 내 기분은 지구 대기층을 뚫고 우주로 날아오르는 것 같다.

나를 보던 신비의 시선이 점점 아래로 내려갔다. 짧은 원피스가 위로 올라가 허벅지 살이 거의 드러났다. 나는 부끄러워서 치마를 끌어내렸다.

"너 다리 참 예쁘다."

신비가 가만히 내 허벅지를 쓰다듬었다. 신비의 손이 스치고 지나간 모든 곳에서 감각세포가 움트는 것 같았다. 말할 수 없는 쾌감이 느껴졌다.

신비가 갑자기 휴대폰을 집어 들었다.

"간직하고 싶어, 네 몸. 찍어도 돼?"

나는 무언가에 홀린 듯 고개를 끄덕였다. 신비가 내 다리를 찍기 시작했다. 나는 신비가 사진을 더 잘 찍을 수 있도록 포즈를 취했다. 다리를 오므렸다가 벌렸다가 한쪽 다리를 꼬았다가 치마를 살짝 들어올렸다. 신비는 여러 각도에서 사진을 찍었다.

"예술이다, 예술."

신비는 사진작가처럼 감탄을 쏟아 냈다. 그 말에 자신감이 생겨 더 과감한 포즈를 취했다. 신비가 내 이마에 쪽 소리가 나게 뽀뽀를 했다.

그날 이후 신비는 내 몸을 자주 찍었다. 화장실에 들어가 안에서 문을 잠근 뒤 은밀한 부위도 촬영했다. 내 몸을 촬영할 때마다 신비는 감탄했다. 너처럼 예쁜 가슴을 가지면 어떤 기분이야? 네 몸은 어쩜 이렇게 균형이 잘 잡혔니? 네 피부는 정말 부드러워.

그 말을 들을 때마다 내 귀는 뜨겁게 달아올랐다. 한 번도 내 몸이 예쁘다고 생각해 본 적이 없었다. 너무 큰 가슴이 거추장스럽기만 했다. 햇빛을 보지 못해 누렇게 뜬 피부도 불만이었다. 그런데 신비는 내 몸을 부러워하고 사진을 찍을 때마다 예쁘다고 칭찬해 줬다. 나는 오히려 신비 몸처럼 마르고 팔다리가 긴 몸매가 부러웠다. 마른 사람을 보면 자신만의 남다른 세계관이 있는 것처럼 보였다. 신비에게도 신비만의 독특함이 있었다. 누구도 흉내 낼 수 없는, 어쩌면 태어날 때부터 갖고 있었을 것 같은, 뭐라고 표현할 수 없는 신비만의 분위기.

30

태승이에게 연락이 왔다. 아르바이트하느라 일주일 내내 눈코 뜰 새 없이 바쁜데 딱 하루가 빈다면서 그날을 놓치면 자기를 평생 못 만날 거라고 협박(?)하는 바람에 급하게 약속을 잡았다.

신비에게는 중학교 때 친구와 약속이 있다고 말했다. 다행히 신비는 누구냐고 캐묻지 않았다. 나는 버스를 타고 시내에 있는 카페로 갔다.

태승이는 나보다 먼저 와서 아이스아메리카노를 마시고 있었다. 화장을 지운 태승이를 이번에도 못 알아볼 뻔했다. 멀리서 봐도 눈에 띌 정도로 멋진 남자가 나를 향해 손을 흔들자 주위에 있던 여자들이 우리 둘을 번갈아 보았다.

태승이는 진한 화장을 했을 때와는 전혀 다른 사람 같았다. 희고 투명한 피부와 가지런한 치아, 단정하게 빗어 넘긴 윤기 있는 머리카락, 말랐지만 탄력 있어 보이는 탄탄한 몸매. 어디 하나 흠잡을 곳 없이 멋진 모습이었다. 그 앞에 앉기가 미안할 정도였다.

우리는 그동안 밀렸던 이야기를 나눴다. 태승이와 대화를 나누는 동안 예전 우리가 함께했던 시간이 떠올랐다.

거친 모험을 즐기고 돌아온 탐험가처럼 태승이는 흥미진진한 이야기를 풀어 냈다.

"안 해 본 아르바이트가 없어. 물론 지금도 아르바이트를 하고 있지만. 낮에는 돈을 벌고 밤에는 작은 무대에서 공연을 해. 내가 누릴 수 있는 가장 이상적인 삶이지."

나이 열여덟에 가장 이상적인 삶을 살고 있다니, 대단했다. 태승이 어깨를 쓰담쓰담 해 주고 싶었다.

태승이는 학교 다닐 때와는 비교할 수 없을 만큼 행복해 보였다. 학교에서 강게이로 불릴 때의 태승이는 절망을 끌어안은 채 절벽 위에 서 있는 아이 같았다. 그 아이에게 손을 내밀어 주고 싶었다. 그리고 내 소망이 이루어졌다고 생각했다. 그런데 태승이가 벙커에서 뛰쳐나간 그날 이후, 그 소망이 얼마나 위선이었는지

깨달았다.

우리는 주로 지난 일에 대해서 얘기했다. 중학교 3학년 2학기의 그 짧은 기간 동안 우리에게는 추억이 많았다. 그땐 그랬지, 하고 공감하며 웃었다. 생각해 보면 그리 오래전 일도 아닌데 아주 먼 과거처럼 아득하게 느껴졌다.

그동안 태승이를 만나면 하고 싶었던 말을 꺼냈다.

"미안해."

"뭐가?"

"그날 그 일."

태승이가 씁쓸하게 웃었다.

"사람은 이기적이라서 어떤 상황에서든 자기에게 이로운 쪽을 선택하게 돼 있어. 불행이 두 개가 있다면 덜 불행한 쪽, 행복이 두 개가 있다면 더 행복한 쪽. 그건 어쩔 수 없는 거야. 그때 난 학교 다니는 것과 안 다니는 것 중에서 안 다니는 쪽이 덜 불행하다는 결론을 얻었어. 그래서 떠났던 거야. 너하고는 상관없어."

"그럼 왜 내 연락 안 받았어?"

"그건……."

태승이가 얼굴을 찡그렸다. 예전처럼 양쪽 눈썹이 살짝 올라갔다.

"나 때문에 네가 불행해질 것 같았어. 나하고 엮이면 되는 일이 없거든."

"지금은 어때? 나 만난 거 지금도 후회하니?"

"아니. 그날 널 보는 순간 엄청 반갑더라. 아니, 반가운 정도가 아냐. 잃어버린 형제를 다시 찾은 기분이랄까?"

"아이고. 그러셔요, 형제님."

"너도 많이 좋아진 거 같은데, 안 그래?"

나는 히죽 웃었다. 태승이에게 그런 말을 들을 줄은 몰랐다. 불과 1년 전까지만 해도 우리는 우울한 한 쌍의 바퀴벌레 같았는데.

"좋아. 아주 행복해."

신비를 생각하면 저절로 웃음이 나올 만큼 기분이 좋다. 태승이가 짓궂은 표정으로 나를 흘겨봤다. 우리는 이런저런 대화를 나눴다. 태승이와 내가 살아온 시간은 전혀 달랐다. 내가 학교 안에서 보호받으며 살고 있는 어항 속 물고기였다면 태승이는 넓은 바다를 헤엄쳐 다니는 상어 같았다.

그런데 태승이가 갑자기 웃음기가 싹 가신 서늘한 얼굴로 말했다.

"참, TV에 나오더라."

잠깐 동안 태승이 말을 이해하지 못했다. 굳어진 태승이 얼굴에서 잊고 있었던 얼굴이 떠올랐다. 서지우. 결코 기억하고 싶지 않은 이름.

"아, 너도 봤니?"

분위기가 어색해지고 말았다.

요즘 서지우는 선풍적인 인기를 끌고 있는 미니시리즈 드라마에 모범생 아들로 나오고 있다. 서지우의 인기는 점점 높아지고 있었다. 대형 기획사에 들어간 뒤 광고에도 나오고 예능 프로에도 등장했다. 조각처럼 잘생긴 외모는 아니었지만 개성 있는 얼굴로 인기몰이를 하고 있었다. 헬스장에서 얼마나 몸을 가꿨는지 고등학생인데도 몸매가 다부지고 탄탄했다.

인터넷에서 우연히 서지우가 실린 기사를 봤을 때는 똥을 밟은 기분이었다. 기사 속의 그는 세상에서 가장 순수한 청소년 이미지로 포장돼 있었다. 그 정도로 유명해졌으면 태승이가 모를 리가 없었다.

나는 태승이가 떠난 뒤 서지우가 나에게 와서 용서를 빌었다는 말을 했다. 물론 내가 용서하지 않았다는 말도. 태승이는 잠자코 듣고만 있었다. 태승이 얼굴을 똑바로 볼 수가 없었다. 우리는 한동안 고개를 숙인 채 말없이 앉아 있었다.

카페 안으로 사람들이 들어오고 나갔다. 주문을 받는 소리, 컵이 달그락거리는 소리, 기침 소리, 발자국 소리가 우리의 긴 침묵을 채웠다.

한참 말없이 앉아 있던 태승이가 시계를 봤다.

"아르바이트하러 갈 시간이다."

우리는 자리에서 일어났다. 명치끝이 아프다는 말이 어떤 의미인지 알 것 같았다.

전철을 타야 하는 태승이를 배웅하러 역으로 향했다. 아직도 그 이름만으로도 서지우는 우리에게 무자비한 폭력을 가하고 있었다. 또 보자, 말하며 씁쓸한 표정으로 돌아서는 태승이의 어깨가 처져 있었다.

버스를 타기 위해 전철역과 반대 방향으로 걷는데 뒤에서 누가 내 어깨를 툭 쳤다.

"아주 다정하던데?"

깜짝 놀라서 고개를 돌려 보니 세상에, 신비였다.

"웬일이야?"

"아까 그 사람 누구야?"

어떻게 된 일인지 영문을 몰라 잠시 아무 말도 못 하고 있는데 신비가 또다시 물었다.

"누구냐고 물었잖아. 내 말 안 들려?"

나는 간신히 대답했다.

"누구?"

"카페에서 만났던 남자. 잘생겼던데?"

서늘한 냉기가 등줄기를 훑고 지나갔다. 카페에서 태승이와 함께 있던 모습을 본 건가? 어떻게 그럴 수가 있지? 당황한 기색을 감추고 침착하게 대답했다.

"중학교 때 잠깐 만났던 친구야."

"둘이 사귀니?"

"아냐, 그런 거."

"그럼 뭐야? 엄청 다정하던데?"

도대체 어디까지 본 거지? 어디까지 대답해야 하지? 머릿속이 어지러웠다.

"그동안 연락이 끊어졌는데 며칠 전 우연히 만났어. 별 사이 아냐."

변명을 하는 내 자신이 너무 구차하게 느껴졌다.

신비는 계속 다그쳤다.

"별 사이 아니라는 증거 있어?"

"믿어 줘. 정말이야."

"믿어도 돼?"

"응. 믿어도 돼."

신비가 뭔가를 골똘히 생각하더니 말했다.

"그럼 그 증거로 하나만 약속해."

"뭔데?"

"앞으로는 그 남자 안 만나겠다고 약속해."

"아무 사이도 아니라니까."

신비가 어이없다는 표정으로 말했다.

"아무 사이도 아닌데 왜 만나?"

"너도 친구 많잖아."

"난 남자 친구 없거든?"

"걘 남자가 아냐."

"남자가 아니면 여자니?"

더는 말할 기분이 아니었다. 이렇게 계속하다간 끝이 날 것 같지 않았다. 더는 아무 대꾸도 하지 않고 걸어가는데 신비가 옆에 따라오며 말했다.

"결정해. 저 남자야, 아니면 나야?"

"꼭 결정해야 돼?"

"응."

"왜 그래야 하는데?"

"난 누구와도 널 공유할 생각이 없으니까."

신비가 그 자리에 나타난 건 우연이 아니었다. 우리는 서로의 휴대폰에 위치추적 시스템을 공유했다. 나는 한 번도 신비의 위치를 확인한 적이 없었다. 그러나 신비는 시시각각 내 위치를 파악했다. 학교에서 집, 집에서 학교만 다니는 지극히 단순한 동선이었지만 가끔 마트에 가거나 식구들과 외식하러 나간 날에는 어김없이 지금 ○○동에 있네, 라는 문자가 왔다. 처음에는 나에 대한 관심으로 생각해서 그것마저도 기분이 좋았다. 그런데 내 뒤를 미행해서 내가 만나는 사람을 확인까지 하는 건 전혀 다른 얘기다.

"신비야. 이건 좀 아닌 거 같은데?"

"뭐가?"

"나도 사생활이 있는 거잖아. 이렇게 일일이 감시하면……."

"그럼 내가 네 뒤를 밟기라도 했다는 거야?"

"그럼 아냐?"

"우연히 지나다 너희 두 사람이 카페에 앉아 있는 걸 본 거야."

신비가 화를 내면 겁이 났다. 신비가 나에게서 등을 돌리면 신비는 이 지구에서 나하고 가장 멀리 있는 사람이 된다. 어떻게 얻은 사랑인데, 잃을 수는 없었다.

나는 재빨리 사과했다.

"미안해."

"미안하긴 해?"

"응."

"그럼 저 남자랑 만나지 마."

신비는 나에게 어려운 선택을 강요했다. 하지만 대답은 이미 정해져 있었다. 지금 나에게 중요한 사람은 태승이가 아니라 신비다. 더구나 이런 집착이라니. 나에게 질투를 하는 신비의 마음을 확인하니 신비에 대한 믿음이 더 굳어졌다.

"알았어."

"정말?"

"응."

신비가 갑자기 내 이마에 뽀뽀를 했다. 순간 정신이 어지러웠다. 꼭 약에 취한 것 같은 기분이었다.

31

태승이에게서 몇 번의 문자가 왔다. 그때마다 문자를 씹었다. 태승이와 신비 중에서 신비를 선택한 것을 후회하지 않았다.

신비에 대한 내 감정이 우정인지 사랑인지 아니면 그 중간의 감정인지 알 수 없었다. 사랑이든 우정이든 하나로 규정하기에는 그 감정이 복잡하고 미묘했다. 한동안 내가 정상일까, 비정상일까, 하는 문제로 고민했다. 그러나 아무리 고민해도 답이 나오지 않았다. 남자는 여자를 사랑하고, 여자는 남자를 사랑하는 게 정상이라면 적어도 나는 정상의 범주에서 벗어난 것만은 틀림없었다. 아무리 고민을 해도 해결되는 건 없었다. 그래서 결심했다. 정상이니 비정상이니 하는 잣대는 필요없다고. 신비에 대한 내 감정만 믿기로 했고, 그 감정에 충실하기로 했다.

32

소소한 일들이 일어났다. 새엄마가 임신했다. 입덧하느라 잘 먹지 못하는 새엄마 때문에 아빠는 매일 맵고 새콤한 음식들을 사다 날랐다. 그러면서도 아빠는 헤벌쭉 웃고 다녔다. 새엄마가 아기를 낳으면 이 집에 사는 식구들의 핏줄과 족보는 더 복잡해진

다. 박씨인 아빠와 나, 서씨인 새엄마와 김씨인 유담이, 곧 태어나게 될 박씨인 아기. 아빠가 다른 동생과 엄마가 다른 동생. 각기 다른 세 개의 성을 가진 다섯 사람이 한집에서 가족이라는 이름으로 함께 살아야 한다. 미래지향적인 가족 형태가 아닐 수 없다.

유담이가 어린이집에서 팔에 금이 가는 사고를 당했다. 새엄마 대신 내가 유담이를 돌봐 줘야 했다. 작년까지만 해도 길에서 마주쳐도 몰랐을 텐데 자매가 됐다는 것도 신기했지만, 유담이가 진짜 내 여동생처럼 느껴진다는 것도 신기했다. 목욕을 시킬 때, 머리를 땋아 줄 때, 옷을 갈아입힐 때, 그 작고 여린 몸이 너무 예뻐서 꼭 안아 주고 싶었다.

그러나 뭐니 뭐니 해도 가장 큰 사건은 유튜브에서 태승이를 발견했다는 거다. 이상한 알고리즘이 나를 '바이올렛의 비밀 노트'라는 채널로 안내했다. 검색창에 '드래그 퀸'이라는 단어를 입력했을 뿐인데 낯익은 얼굴이 화면 가득 나타났다. 화장한 얼굴이었지만 금세 태승이를 알아보았다.

태승이는 맨얼굴에 기초화장을 하는 모습부터 색조 화장으로 마무리하는 과정을 보여 주었다.

"가장 신경 써야 하는 과정이 바로 기초라는 거 여러분도 다 아시죠? 건물도 그렇잖아요. 기초가 튼튼하지 않으면 부실 공사가 되는 것처럼 화장도 기초를 튼튼히 하지 않으면 피부가 썩어요. 그래서 전 색조 화장보다 기초화장에 더 신경을 쏜답니다."

화면 속 태승이는 더는 내가 알던 태승이가 아니었다. 구독자가 10만 명이 넘는 인기 유튜버였다. 게시물마다 댓글이 수백 개가 달렸다. 댓글들은 지독한 팬심으로 가득 찬 내용이었다.

매일 습관적으로 태승이 채널에 들어갔다. 구독과 좋아요, 알림 3종 세트를 눌렀고 첫 게시물부터 밀린 숙제를 하듯 봤다. 태승이의 화장법은 놀라웠다. 화장이 아니라 얼굴에 얹은 예술 작품 같았다. 중학교 때 화장하고 다닌다고 놀림을 당하던 그 소년은 이제 인기 드래그 퀸이 되어 있었다.

드래그 퀸들이 모여 공연하는 영상도 있었다. 화려한 화장과 아슬아슬한 복장을 한 드래그 퀸들이 무대를 걸으며 온갖 요염한 포즈를 취했다. 그중에서도 태승이는 유독 돋보였다. 태승이 몸매는 정말 아름다웠다. 길고 곧은 다리에 가는 허리, 독특하고 세련된 화장술은 다른 사람들하고 클래스가 달랐다. 태승이는 박수를 가장 많이 받았다. 피켓을 들고 태승이를 응원하는 팬들도 보였다. 태승이는 점점 더 높고 먼 곳으로 가고 있었다. 나중에는 내가 쳐다볼 수조차 없는 곳에 가 있겠지. 그런 생각을 할 때마다 내 자신이 한없이 초라하게 느껴졌다.

33

미술 시간에 '내가 사랑하는 것'이라는 주제로 그림을 그렸다. 사각사각 사각사각. 도화지에 연필로 스케치하는 소리가 미술실에 차곡차곡 쌓여 갔다. 아이들 캔버스에는 고양이와 강아지가, 엄마와 아빠와 가족이 그려졌다. 나도 '내가 사랑하는 것'을 그렸다. 동그란 얼굴, 짧은 머리카락, 반짝이는 영롱한 눈동자와 오똑한 콧날, 얇고 기다란 입술. 눈을 감아도 떠오르는 얼굴. 사랑의 감정까지 그릴 수 있다면 농도가 짙은 그림을 그릴 수 있을 텐데.

그림을 그리고 있는 신비의 뒷모습을 몰래 훔쳐봤다. 신비는 운동화를 그리고 있었다. 신비가 신고 있는 운동화는 황금색 별이 선명한 골든구스였다. '내가 사랑하는 것'이라는 주제가 너무 광범위해서 아이들마다 그리는 그림이 달랐지만 신비의 운동화 그림은 의외였다.

신비가 골든구스 운동화를 사랑했었나?

생각해 보면 신비에 대해 아는 게 별로 없었다. 신비가 좋아하는 음식, 좋아하는 노래, 좋아하는 색깔, 좋아하는 패션 브랜드 같은 누구나 알 수 있는 것뿐만 아니라 그 외의 것들. 살고 있는 곳, 가족의 형태, 자라 온 환경, 구체적으로 설명할 수 있는 것과 설명할 수 없는 것들. 이를테면 나에 대한 진짜 감정이랄지.

우리는 학교에서 늘 만나 함께 다니고 가끔 밖에서 만나 즐거운 시간을 보냈다. 함께하는 시간은 더할 나위 없이 황홀했다. 그러나 헤어지고 나면 늘 불안했다. 이 사랑이 끝날 것 같아서. 끝나지 않기를 바라는 마음이 간절할수록 불안도 깊어졌다. 사랑의 농도가 옅어지진 않을까. 그래서 아무것도 아니었던 처음 상태가 되면 어쩌지? 아빠가 했던 몇 번의 연애처럼 쿨하게 끝나 버리면? 깊이 생각할 때마다 알 수 없는 두려움이 차올랐다.

사랑이라는 건 극도의 황홀과 극도의 불안이 공존하는 것. 활활 타오르는 순간에도 확 꺼져 버린 순간을 섬뜩하게 예견하는 것. 상대의 감정을 확인하고 싶지만 아는 게 불안해서 알고 싶지 않은 이중적인 마음이 공존하는 것. 적어도 내 사랑은 그랬다.

수많은 빗금 속에서 서서히 신비의 얼굴이 드러났다. 그림 속 신비는 현실의 신비와 같은 인물이라고 믿을 수 없을 만큼 달랐다. 그림 속의 신비는 신비로운 미소를 지으며 따뜻한 눈빛으로 나를 쳐다보고 있었다. 내가 보고 싶은 신비의 모습이었다.

미술 시간이 끝나 갈 때쯤 신비가 갑자기 고개를 돌렸다. 신비와 눈이 마주쳤다. 신비가 나를 물끄러미 쳐다봤다. 뭐라 설명할 수 없이 차갑고 낯선, 그 눈빛.

34

 여름이 지나고 가을로 접어들었다. 더는 특별할 것도 없는 날들이 흘러갔다. 우리는 여전히 학교에서 붙어 다녔고, 가끔씩 밖에서 만났다. 여기저기 쏘다니다 마지막에는 언제나 노래방. 그곳에서 신비는 내 몸을 찍었다.
 점심시간 때 김도희가 이상한 말을 했다. 다짜고짜 나를 아무도 없는 건물 뒤편으로 끌고 가더니 "신비를 멀리하는 게 좋을 거야"라고 했다.
 김도희를 보면 중학교 때 일이 떠오른다. 남자 엄지손가락 두 개 합친 길이가 남자 거시기 길이라고 해서 교실을 발칵 뒤집어 놓았었지. 그 말 때문에 태승이 별명이 '십센티'가 됐다. 이번에는 또 무슨 뻥을 치려고 이러는지.
 "왜?"
 "내 충고를 들어."
 "싫은데?"
 "신비의 실체를 알고 난 뒤에도 과연 그런 말이 나올까?"
 아무리 관종에 뻥카 김도희였지만 '신비의 실체'라는 표현에서 더는 들을 필요가 없다고 생각했다. 무시하고 돌아서려는데 김도희가 휴대폰을 내밀었다. 내가 보려고 하자 김도희가 휴대폰을 살짝 쳐들었다.

"일단 보여 주기 전에 사과부터 할게."

"무슨 사과."

"수학여행에서 있었던 일. 나도 그 자리에 있었지만 난 애들을 말렸어."

"무슨 말이야?"

"이걸 봐."

김도희가 인별그램 계정을 보여 주었다. 계정 이름은 '봄란에는 혀가 없어요'였다. 괴상한 이름이었다. 많은 사진들이 모자이크 상태로 보였다. 김도희가 맨 처음 사진을 클릭했다. 사진 제목은 '수학여행 개진상 시리즈 1'이었다.

진초록 트레이닝복을 입고 방바닥에 엎어져 있는 한 여자아이 사진 밑에 '지금 여러분은 수학여행 진상녀를 보고 계십니다'라는 설명이 붙어 있었다. 사진 밑에 수많은 댓글이 달렸다. 댓글을 읽기도 전에 김도희가 그다음 사진을 클릭했다.

여러 명의 여자아이들이 엎어져 있는 진상녀 등에 한 발을 올리고 손으로 브이 자를 그리고 있는 사진이었다. 얼굴은 모두 모자이크 처리가 돼 있었다. 사진 설명에는 '용자들'이라고 적혀 있었고 역시 수십 개의 댓글이 달려 있었다.

그때까지만 해도 왜 김도희가 그런 사진을 나에게 보여 주는지 몰랐다. 어디서나 흔히 볼 수 있는 수학여행 사진들이었으니까.

김도희가 계속 사진을 클릭했다.

이번에는 좀 더 심한 사진들이었다. 진상녀가 방바닥에 큰대자로 엎어져 있었다. 상의는 반쯤 위로 말아 올려져 있었고 하의도 아래로 반쯤 내려가 엉덩이 골이 보였다. 긴 머리카락은 대걸레처럼 방바닥에 널려 있었다. 발 한쪽을 진상녀 엉덩이에 올려 놓은 채 병나발을 부는 아이도 있었고 과자를 진상녀 위에 뿌리는 아이도 있었다. 빈 초록병, 새우깡, 마른 오징어, 마름모 모양의 벽지 무늬, 갈색 방바닥, 진한 녹색 트레이닝복. 사진 속 풍경이 왠지 낯이 익었다.

사진을 자세히 들여다봤다. 분명히 아는 장소였다.

수학여행 마지막 날 진실게임에서 나는 걸릴 때마다 술을 마셨다. 술은 점점 내 정신을 지배했다. 몸도 마음도 제대로 가눌 수가 없었다. 병이 내 앞에서 멈출 때마다 나는 병을 들어 단숨에 마셔 버렸다. 아이들이 환호성을 질러 댔다. 그때 방바닥에서 회오리바람이 일어나 나를 삼키는 바람에 정신을 잃었다. 정신을 잃기 직전에 봤던 바로 그 장소였다.

김도희가 이번에는 동영상을 클릭했다. 제목은 '소녀의 은밀한 사생활 시리즈'였다.

진상녀는 노래방에 앉아 있었다. 얼굴이 토끼 이모티콘으로 가려져 있었지만 수학여행과 동일한 인물이라는 것을 몸매를 보면 알 수 있었다. 천장에서 사이키 조명이 돌아가는데 카메라가 진상녀의 몸을 훑기 시작했다. 교복 단추가 두 개 풀어져 있었다. 교복 사이로 보이는 가슴이 터질 것처럼 팽팽했다. 카메라는 가슴을 집요하게 파고들었다. 천천히 음미하듯 가슴을 찍는 카메라가 불안하게 흔들리며 아래로 내려갔다. 위로 말려 올라간 치마 사이로 튼실한 허벅지가 보였다. 카메라는 허벅지 사이로 집요하게 파고들어 갔다.

카메라가 진상녀 몸을 구석구석 훑고 다니는 동안 진상녀는 노래를 했다. 음정도 박자도 안 맞는 음치였다.

"서로가 전부였던 그때로 돌아가. 마치 아무 일도 아니었던 것처럼……."

첫 소절만 들어도 금세 알 수 있었다. '언니네 이발관'의 〈아름다운 것〉. 노래 제목과는 달리 그 장면은 전혀 아름답지 않았다.

'소녀의 은밀한 사생활 시리즈'는 노래방에서 쇼핑몰에서 학교에서 계속 은밀한 사생활을 보여 주었다. 학교 화장실에서 볼일을 보는 진상녀, 비좁은 화장실에서 포즈를 취하는 진상녀, 화장품 가게에서 립스틱을 입술에 발라 보는 진상녀, 엉덩이를 흔들며 걷는 진상녀……. 진상녀는 부끄러움도 모른 채 신체의 일부를 보여 주지 못해 안달이었다.

사진과 동영상을 보는 게 너무나 고통스러웠다. 나는 바닥에 주저앉고 말았다. 김도희가 내 옆에 쭈그리고 앉았다.

"이 계정 누가 만들었다고 생각해?"

내 사진으로 도배돼 있지만 나는 아니다. 김도희도 그렇게 믿고 있는 것 같았다. 그다음 말은 듣고 싶지 않았다. 영원히, 알고 싶지도 않고 궁금하지도 않았다. 그러나 김도희는 일초의 망설임도 없이 내뱉었다.

"신비 짓이지."

정신이 하나도 없었지만, 겨우 물었다.

"증거 있어?"

그 사진들은 나하고 신비밖에 모른다. 사진이나 동영상 속에서 보였던 노래방, 화장품 가게, 화장실 안, 함께 걷던 거리는 신비와 함께 갔던 장소들이었다. 이 계정을 내가 만들지 않았으니까 신비밖에 만들 사람이 없다. 하지만 신비가 아니라고 믿고 싶었다. 신비가 이럴 리가 없다. 휴대폰을 도난당했거나 해킹당했을 수도 있고.

"너 그렇게 당하고도 신비를 모르겠니?"

김도희 말을 듣고 있어야 할 필요성을 못 느꼈다. 입만 열면 거짓말을 하는 뻥쟁이 말을 듣고 있다니.

"당하다니 내가 뭘?"

김도희가 결기에 찬 표정으로 말했다.

"수학여행 마지막 날 진실게임 할 때 난 다 봤어. 신비하고 걔네들이 너한테 무슨 짓 했는지. 사진은 결코 거짓말하지 않아."

내 인생에서 절대 떠올리고 싶지 않은 장면이 있다면 바로 그때다. 그래서 그런 날은 없었다고 스스로에게 최면을 걸었다. 최면이 성공해서 완전히 잊었다. 아니, 잊었다고 생각했는데 느닷없이 현실로 떠올랐다. 중요한 건 과거가 아니라 지금, 현재다. 신비와 나는 커플이 됐고 우리는 너무나 잘 지내고 있다. 그럼 된 거지.

김도희가 계속 말했다.

"모두가 취해서 제정신이 아니었지. 그럴 수 있다 쳐. 나도 취해 있었으니까. 근데 신비가 편지를 보낸 사람이 이 안에 있다고 폭탄 발언을 해 버렸어. 애들이 누구냐고 난리가 났지. 그때 난 구석에 처박혀 있었는데 똑똑히 봤어. 신비가 가리킨 건 바로."

"그만해."

김도희가 빤히 나를 쳐다봤다. 그 얼굴에 주먹을 날리고 싶었다. 분노를 꾹꾹 누르고 물었다.

"왜 남의 일에 상관하는 건데?"

"나하고도 관련된 일이니까."

김도희와 우리 사이에 무슨 연관이 있을까, 아무리 생각해도 연결점이 없었다. 김도희가 화를 억누르듯 심호흡을 크게 몇 번 하더니 작심한 듯 말했다.

"그 전에 하나만 묻자. 너 신비하고 사귀냐?"

돌직구처럼 훅 들어오는 질문에 순간 정신이 멍해졌다. 질문의 의도를 파악하느라 잠시 머뭇거리고 있는데.

"아아, 뭐 그럴 수 있지. 여자끼리 사귈 수 있어. 이해해. 근데 내가 이해할 수 없는 건 말이지, 양다리야. 그것도 여자 친구가 있는 남자를 가로챈 거. 이게 말이 된다고 생각하니?"

확실히 내 이해력은 김도희의 말발을 따라갈 만큼 넓지 못했다. 김도희가 하는 말을 제대로 알아들을 수가 없었다.

"이해 못 하는 모양인데. 신비 걔가 내 남친을 빼앗아 갔어. 박도윤 알지? 도윤이한테 얼마나 여우처럼 굴었는지 그 멍청이가 깜박 넘어갔더라고."

생각해 보면 의심스러운 게 한두 가지가 아니었다. 경주에서 갑자기 나에게 친근하게 다가온 것도, 내 사진을 그렇게 찍어 대는 것도. 의심을 하려면 얼마든지 할 수 있었다. 그러나 나는 아무 의심도 하지 않았다. 일부러 그랬다. 뭐든, 아는 게 두려웠다. 이제 그토록 두려워하던 것 중에 하나의 문이 열렸다. 다른 문 안쪽에 어떤 무게의 두려움들이 도사리고 있을지…….

점심시간이 끝나고 교실에 돌아왔다. 신비를 똑바로 볼 자신이 없었다. 고개를 푹 숙이고 내 자리에 가서 앉았다. 곧 5교시가 시작되었지만 수업에 집중할 수가 없었다. 수많은 생각이 떠오르다 결국은 아무 생각도 나지 않았다. 교실이 공기가 전혀 없는 우주의 한 부분 같았다. 숨을 쉴 수 없을 만큼 답답했다. 겨우 숨을 크게 들이마셨다가 내뱉었다. 수업 시간 내내 숨쉬기만 하다가 수업이 끝나는 종이 울리자마자 가방을 챙기지도 않고 교실에서 뛰쳐나왔다. 복도를 달리고 운동장을 가로질러 달려 교문을 나왔다.

그리고 무작정 달렸다.

35

가족은 행복한 금요일을 보내고 있었다. 현관문을 열었을 때, 안에서 아빠와 새엄마 웃음소리가 터져 나왔다. 유담이가 재롱을 떨고 있었고 그 앞에 아빠와 새엄마가 웃는 얼굴로 앉아 있었다.

유담이가 나를 보자 뛰어왔다.

"언니."

유담이를 손으로 밀쳤다. 나는 유담이에게 나를 언니라고 부르도록 허락한 적이 없다. 즐겁고 행복한 감정을 공유하도록 강요당하는 이런 가족도 결코 허락한 적이 없다. 새엄마도, 유담이도, 새엄마 배 속에 들어 있는 내 두 번째 동생도, 심지어는 아빠마저도 내가 원한 관계는 아니었다. 모든 관계가 내가 원한 게 아니다. 학교도, 이 지구도, 저 우주도. 내가 유일하게 원했던 관계는 신비뿐이었다.

유담이가 엉덩방아를 찧었다. 잠시 어리둥절한 표정으로 나를 올려다보더니 앙하고 울음을 터트렸다. 새엄마가 유담이를 일으켰다. 아빠가 나를 빤히 쳐다봤다. 아빠가 모르는 사람처럼 낯설었다. 방으로 들어와 교복도 갈아입지 않고 침대에 누웠다. 아빠가 들어와 침대에 걸터앉았다.

"우리 딸, 학교에서 무슨 일 있었니?"

"나가 줘. 혼자 있고 싶어."

"미안해. 아빠가 챙겨 주지 못해서."

아빠를 빤히 올려다봤다. 아빠 얼굴에는 '행복해'라고 적혀 있었다. 항상 그랬다. 내가 아이들한테 놀림을 당하고 온 날에도 아빠는 행복했다. 내가 죽을 것처럼 힘들어서 인터넷에 자살이라는 단어를 검색한 날에도 아빠는 행복했다.

"정말 미안하긴 해?"

"그럼. 우리 춘란이한테는 늘 고맙고 미안하지."

"그럼 부탁 하나만 들어줘."

"뭔데? 말해. 다 들어줄게."

"내 이름 바꿔 줘."

아빠는 당황한 듯했다. 역시 그럴 줄 알았어. 아빠는 나를 사랑한다고 했지만 말뿐이다. 나를 진정으로 사랑한다면 내 이름이 나를 얼마나 고통스럽게 하는지도 알았어야 했다.

"왜? 이름이 싫어?"

"끔찍해."

"난 그 이름 너무 좋은데."

"아빠 이름 아니잖아. 내 이름이잖아."

"개명은 진지하게 생각해 보자."

"나 다섯 살 때부터 고민한 거야. 더 이상 진지하게 생각 못 해."

다섯 살짜리 유치원생에게 '춘란'이라는 이름은 열등감의 원인이었다. 남자아이들이 박춘란, 박춘란, 하고 내 이름을 부르며 놀릴 때마다 내 이름을 발기발기 찢고 싶었다. 초등학교에 올라가서도 출석을 부를 때마다 아이들이 웃었다. 춘란이라는 이름이 나를 얼마나 주눅 들게 했는지, 이름이 불릴 때마다 내 자존감이 얼마나 곤두박질쳤는지 아빠는 모른다.

"생각해 둔 이름 있어?"

솔직히 말하면 없다. 지금처럼 특이하지 않고 심지어 맹물처럼 무미건조했으면 좋겠다. 흔하디흔한 수진, 예진, 지은 같은 이름.

"이름 정하면 알려 줘."

아빠가 내 방에서 나갔다. 평생 숙원이던 개명을 기뻐해야 하는데 전혀 기쁘지 않았다. 그 어떤 것도 나를 기쁘게 하지는 못할 것 같았다.

36

인별그램에 가입을 하고 게시물을 읽기 시작했다. 게시물은 모두 스물네 개였다. 처음 게시물을 올린 날짜는 9월 17일이었다. 그날은 수학여행을 갔다 온 지 일주일째 되는 날이었다. 다이어리를 보니 그날은 처음으로 노래방에서 신비가 내 가슴을 찍은 날이었다.

첫 번째 사진부터 클릭했다. 김도희가 보여 준 바로 그 사진이었다. 봉긋 솟은 엉덩이와 긴 머리카락, 적당히 두툼한 허벅지는 분명히 나였다. 내 뒷모습을 한 번도 본 적이 없었지만 나라는 것은 알 수 있었다.

사진 밑에는 #수학여행개진상 #술취한여고생 #여고생최고주량 같은 태그가 붙어 있었고, 좋아요는 57개, 댓글은 18개가 달려 있었다.

댓글을 클릭했다.

—여기 어느 학교인가요?

—체육복 보니 아는 학교네. 크크크.

—추하다, 추해.

—토 나와.

—왜 사냐?

—저게 걸레지, 인간이냐.

—안 본 눈 삽니다.

수학여행 개진상 시리즈는 1부터 8까지 있었다. 그 사진의 주인공도 모두 나였다. 아니, 술에 취한 내 몸뚱아리였다. 사진 각도는 다양했다. 김도희는 사진에 거의 보이지 않았다. 아이들 얼굴은 모자이크 처리가 돼 있었지만 3조 조원들이라는 것을 알 수 있었다.

사진의 중심에 신비가 있었다. 어느 사진이나 포즈는 같았다. 한쪽 발을 내 몸 위에 올리고 한쪽 손으로 브이 자를 그려 보였다. 사진마다 끔찍한 댓글이 달렸다. 댓글들을 천천히 다 읽었다. 대부분 멘털을 붙잡고 있기가 힘든, 너무 행복해서 이제 그만 괴롭고 싶을 때 읽으면 딱 알맞을 내용들이었다.

'소녀의 은밀한 사생활 시리즈'는 1에서부터 16까지로 수학여행 시리즈보다 두 배나 많았다. 좋아요와 댓글은 수학여행 시리즈와는 비교가 안 될 정도로 많았다. 댓글 내용도 훨씬 노골적이었다.

─봄란님 팬입니다.

─봄란님과 결혼하는 게 내 인생 목표.

─실물 공개는 언제쯤?

놀랍게도 답글이 달렸다.

─고맙습니다.

─결혼은 아직 생각해 보지 않았네요. ㅋㅋㅋ

─실물 공개는 영원히 안 하는 걸로.

댓글 중에는 좀 더 과감한 사진을 요구하는 것도 있었다.

─다음에는 롤리타 복장으로 부탁해요.

─쌔끈한 하녀 복장은 안 될까요?

─백의의 천사가 보고 싶습니닷.

밤새도록 인별그램에 있는 사진과 댓글들을 다 읽었다. 사진을 보고 댓글을 읽는 게 힘들었지만 꾹 참고 내 앞에 있는 불편한 진실을 마주했다.

게시물을 처음부터 끝까지 다 보고 난 뒤에 내 머리에는 의문만 가득했다.

왜? 도대체 왜?

당장 전화를 걸어 물어보고 싶었다. 하지만 막상 얼굴을 마주 대했을 때 물어볼 수 있을지, 이게 어떻게 된 거냐고 신비 눈앞에 사진을 들이밀 수 있을지……에 대해서는 자신이 없었다. 어쨌든 신비에게서 게시물에 관한 어떤 말이라도 듣기 전에는 어떤 판단도 할 수 없었다.

37

오전 11:29

어제 어떻게 된 거야? 왜 가방도 안 가지고 나갔어? 내가 네 가방 가져왔어.

오후 1:12

왜 아직 문자 확인 안 해? 무슨 일 있니? 문자 보면 답장 줘.

오후 2:54

3시가 가까워 오는데 아직도 확인 안 하네? 약속 잊은 건 아니지?

오후 3:19

야, 박춘란. 왜 전화도 안 받아?

꺼져 있던 휴대폰을 켜자 신비에게 문자와 부재중 전화가 와 있었다. 신비네 부모님이 제주도로 2박 3일 여행을 가신다고 해서 우리는 파자마 파티를 하기로 했다. 나는 파마자 파티 생각에 며칠 전부터 들떠 있었다.

신비의 문자를 보자 지난밤이 떠올랐다. 그토록 현실이 아니길 바랐는데 현실은 또 어김없이 내 눈앞에 와 있었다. 들떠 있던 감정이 차분히 가라앉았다.

지금 출발한다고 답장을 하고 씻고 집을 나왔다. 새엄마에게는 친구 집에서 파자마 파티를 할 거라고 했다. 새엄마는 걱정이 가득한 눈빛으로 현관까지 배웅했다. 친엄마였다면 안 된다고 했거나, 상대가 누군지 확인해 보거나, 이런저런 잔소리를 했을 테지만 새엄마는 조심해서 다녀오고 밤에 꼭 연락하라고만 말했다. 물론 나도 친엄마였다면 자고 온다고 일방적인 통보를 하지 않았을 테지만.

신비가 알려 준 주소는 이 지역에서도 고급 아파트 단지였다.

큰 도로를 가운데 두고 내가 사는 쪽은 오래된 빌라들이 늘어선 미개발 지역이고 신비가 사는 곳은 반듯하게 구획정리가 된 개발 지역이다. 신비는 개발 지역 내에 새로 지어진 초고층 아파트에 살고 있었다.

아파트 정문은 통과하는 사람에게 위화감을 줄 만큼 크고 높은 데다 웅장하기까지 했다. 정문에 들어서자 경비실에서 경비 아저씨가 고개를 빼꼼히 내밀고 물었다.

"어디 가십니까?"

내 이름과 전화번호, 방문하는 동호수까지 적었다. 그렇게 하고도 부족했는지 경비 아저씨가 신비네 집에 인터폰을 해서 방문자가 맞는지 확인한 다음에야 아파트 단지로 들어갈 수 있었다.

아파트 공동현관에서 인터폰으로 신비네 호수를 눌렀다. 대답도 없이 문이 열렸다. 번쩍이는 대리석이 깔린 로비를 지나 엘리베이터를 타고 신비가 알려준 27층으로 올라갔다. 크고 육중한 현관문 앞에서 크게 심호흡을 했다. 어제 학교에서 있었던 일이 10년 전의 과거처럼 까마득하게 느껴졌다.

초인종을 누르자 잠시 후 문이 열렸다. 그와 동시에 심장이 덜컹하는 소리가 들렸다. 신비가 나를 보자마자 볼멘소리를 했다.

"어떻게 된 거야?"

나는 신비의 시선을 피한 채 대답했다.

"자느라 못 봤어."

신비가 옆으로 비켜섰다.
"오늘 안 오는 줄 알고 걱정했잖아."
"미안."

신비네 집은 환하고 깨끗했다. 어둡고 낡은 우리 집과는 하늘과 땅만큼이나 차이가 났다. 거실이 우리 집 전체를 다 합쳐 놓은 것만큼 넓었다. 그 넓은 거실에는 모던한 디자인의 검은 가죽 소파와 유리로 된 원탁만 있었다. 통유리 너머로 바깥의 고층 아파트와 하늘이 보였다.

부엌도 깨끗했다. 씽크대 위에는 아무것도 나와 있지 않았다. 그 흔한 정수기와 전기밥솥조차 보이지 않았다. 사람이 살고 있지 않은 집 같았다.

"언니는 병원 당직이라 집에 아무도 없어. 레지던트들은 얼굴 보기 힘들지."

신비는 마치 내가 다 알고 있기라도 한 것처럼 말했지만 나는 신비에게 언니가 있는 것도, 그 언니가 의사인 것도 몰랐다. 우리는 서로의 집안 얘기를 한 적이 없었다. 우리 아빠가 재혼했다는 것도 말하지 않았다. 신비는 굳이 묻지 않았다. 아니, 가족뿐 아니라 나에게 그 어떤 것도 묻지 않았다. 물론 나도 마찬가지였다. 우리는 가족이라든지, 사는 곳이라든지, 출신 중학교 같은 아주 기초적인 것도 서로 모르고 있었다.

신비가 라면을 끓이겠다고 했다. 그러고 보니 어제 점심 이후로 아무것도 먹지 않았다. 24시간 동안 텅 비어 있던 배는 라면이라는 단어를 듣자 꼬르륵 소리를 냈다. 신비는 냄비를 꺼내 물을 붓고 전기 레인지를 켰다. 물방울이 튄 개수대를 마른 행주로 깨끗이 닦았고 라면 봉지를 작게 접어 주머니에 넣었다. 신비가 자신의 목을 치는 시늉을 했다.

"엄마한테 걸리면 나 죽어."

개수대에 물방울 튄 거? 아니면 라면 먹은 거? 그것도 아니면 라면 끓이고 뒤처리 안 한 거? 도대체 왜 신비가 엄마한테 걸리면 죽는다는 건지 알 수가 없었다.

신비가 라면을 젓가락으로 휘저으며 말했다.

"우리 엄마 완벽주의자야. 완벽주의자 딸로 사는 게 얼마나 힘든지 넌 아니?"

내가 알 리가 있나. 친엄마도 없고 새엄마는 완벽주의는커녕 허당에 가깝다. 아무튼 신비의 가족에 대해 적어도 두 가지는 알았다. 엄마가 완벽주의자라는 것과 언니가 의사라는 것.

신비가 끓여 준 라면은 지금까지 먹었던 것 중에서 가장 맛있었다. 나는 단숨에 라면 한 그릇을 먹어 치웠다. 내가 설거지를 하려고 했지만 신비는 자기네 집 설거지는 자기가 해야 한다며 한사코 거절했다. 신비는 그릇을 뽀드득뽀드득 소리가 날 때까지 닦은 다음 역시 마른행주로 물기를 닦고 싱크대 안에 넣었다. 개수대 수전에 튄 물방울 하나까지 말끔히 닦고 나서야 설거지가 끝났다. 내 몸에서 먼지라도 떨어질까 봐 조심스러웠다.

현관 옆에 있는 신비 방으로 갔다. 그 방 역시 밝고 환하고 깨끗했다. 온갖 물건들이 다 나와 있는 내 방과 비교됐다. 가구는 책상과 침대 붙박이 옷장이 전부였는데 신기하게도 부엌처럼 밖에 나와 있는 물건이 하나도 없었다.

신비가 침대에 앉았다. 흰색 이불이 깔끔하게 정리된 침대 위에는 의상 세 벌이 얌전히 놓여 있었다.

신비가 의상을 가리켰다.

"오늘 놀려고 준비했어."

옷을 보자 잔잔하던 마음을 막대로 휘저은 것처럼 소용돌이가 일어났다. 밑바닥에 가라앉아 있던 감정의 찌꺼기가 올라왔다.

온라인에서 대여했다는 의상들은 하녀, 간호사, 롤리타 코스프레 옷이었다. 옷마다 상의는 가슴 쪽이 과감하게 파였고 치마는 짧았다. 어젯밤에 본 댓글에서 요구했던 바로 그 복장이었다.

"우리 오늘 밤을 뜨겁게 불태워 보자."

신비가 에이프런을 두른 하녀 의상을 나에게 주었다. 신비는 롤리타 의상을 집어 들었다.

우리는 동시에 옷을 갈아입었다. 하녀 옷은 내 몸에 작았다. 가슴이 터질 듯 빵빵했고 치마는 속옷이 보일 것 같았다. 에이프런을 두르고 머리에 수건까지 쓰자 영락없는 하녀가 되었다.

신비는 롤리타 의상을 입었다. 깡마르고 큰 키의 신비에게 귀엽고 깜찍한 롤리타 의상은 어색했다. 거울에 비춰진 자신의 모습을 본 신비가 얼굴을 찡그리더니 옷을 벗어 버렸다.

"역시 난 안 되겠어."

침울해진 신비 표정을 보자 왠지 모르게 미안해져서 나도 옷을 벗으려는데 신비가 휴대폰을 들이대고 사진을 찍기 시작했다.

신비가 찍은 내 몸의 일부는 SNS에 올라갈 것이다. 정육점의 고기처럼 몸의 일부만.

왜 그랬을까? 포즈를 취하면서도 계속 의문이 생겼다. 그러나 물어볼 수가 없었다. 나에게 말하지 않고 올렸다면 말하고 싶지 않은 이유가 있었을 것이다. 신비가 말할 때까지 기다리자. 그래, 분명히 특별한 이유가 있을 거야.

나는 과장되게 포즈를 취했다. 가슴을 두 손으로 풀어헤치는 시늉을 했고 엉덩이를 잔뜩 뒤로 빼고 허리를 숙인 채 뒤를 돌아보았다. 처음에는 어색했지만 차차 익숙해져서 어떻게 해야 사진에 내 몸이 예쁘게 나올지 생각까지 하게 되었다.

신비는 계속 사진을 찍었다. 사진작가가 된 것처럼 바닥에 누워서 찍기도 하고 엎드려서 찍기도 했다.

"이제 침대에 올라가서 누워 봐."

나는 신비가 시키는 대로 침대에 올라가 비스듬히 누웠다. 신비는 사진을 찍으며 계속 명령했다. 다리 한쪽 들고. 팔을 좀 더 위로 올려 봐. 다리 좀 조금 더 벌려. 고개를 좀 더 뒤로.

간호사 복장과 롤리타 복장도 차례로 입었다. 내가 옷을 갈아입을 때마다 신비는 감탄했다. 그리고 사진을 찍었다.

아빠는 사귀었던 여친들을 여러 가지 이유로 사랑했다. 누구는 마음이 예뻐서, 누구는 얼굴이 예뻐서, 누구는 몸매가 좋아서, 누구는 성격이 잘 맞아서, 누구는 부자라서, 누구는 학벌이 좋아서.

이유가 없으면 어떤 이유라도 붙여서 사랑했다. 샌들 사이로 삐져나온 새끼발가락이 예뻐서, 이 사이에 낀 고춧가루가 인간적으로 보여서.

사랑을 하면서도 아빠는 빠져나갈 구멍을 하나씩은 만들어 두었다. 마음이 예쁜데 얼굴이 못생겨서, 성격이 잘 맞는데 취미가 달라서, 새끼발가락은 예쁘지만 엄지발가락이 못생겨서. 헤어지는 이유를 붙이자면 끝도 없었다. 하지만 결국 헤어지는 이유는 단 하나였다. 더는 사랑하지 않아서.

아빠는 이유가 없는 사랑이 가장 위험하다고 했다. 이유 없이 빠져들게 되면 구멍을 만들 수가 없어 빠져나오는 것도 힘들다고. 바로 새엄마가 그랬다. 새엄마는 그동안 아빠가 좋아했던 여친들과 공통점이 거의 없었다. 새엄마는 아빠가 단골로 가는 편의점에서 아르바이트를 했는데 처음에는 아무 관심 없다가 차츰 새엄마에게 빠져들었다고 한다. 아빠는 새엄마가 좋은 이유를 찾으려고 했다. 그래야 빠져나갈 구멍을 만들 수 있으니까. 그런데 아무리 찾아봐도 좋아는 하는데 그 이유를 찾을 수 없었다고 한다. 나에게는 신비가 그랬다. 신비가 내 이름을 불러 주기 전까지 신비는 나에게 아무것도 아니었다. 내 이름을 불러 줬던 그때 신비는 나에게 특별한 존재가 되고 말았다. 신비를 왜 좋아하게 됐는지 이유를 찾으려고 무진 애를 썼다. 그러나 소용없었다. 아무 이유 없는 게 이유였다. 그냥 좋았다. 신비를 좋아하지 않는 법을 아직은 모르겠다.

사진을 다 찍고 우리는 파자마로 갈아입고 침대에 나란히 누웠다. 창문으로 하늘에 떠 있는 달이 보였다. 내 방은 앞 건물이 가리고 있어 붉은 벽돌만 보이는데 침대에 누워 달과 별을 볼 수 있다는 게 신기했다. 신비는 누워서 휴대폰을 들여다보고 있었다.

"뭐 하나만 물어봐도 돼?"

신비가 휴대폰을 들여다보며 건성으로 대답했다.

"응."

"내 몸을 찍을 때 기분이 어때?"

신비가 여전히 눈은 휴대폰에 둔 채 대답했다.

"부러워."

"내 몸이 부러워?"

"응."

"왜?"

"내 몸하고 다르니까. 난 내 몸이 싫어."

신비가 좋아하는 건 단지 내 몸. 신비가 왜 내 몸을 찍어 SNS에 올리는지 알 것도 같았다. 신비는 자신이 갖지 못한 것을 나에게 찾고 있었던 거다.

두 사람이 사귀게 됐을 때 서로 좋아하는 무게는 어느 정도가 적당할까? 내가 더 좋아해야 하나? 상대가 나를 더 좋아해야 하나? 그 무게는 어떻게 재는 거지? 나는 상대의 어디를 얼마나 좋아하며, 상대는 나의 어디를 얼마나 좋아해야 할까? 물리의 법칙처럼 사랑의 법칙이 있는 걸까?

아아, 모르겠다. 한 가지 분명한 건 신비가 나를 어떻게 생각하든 나는 여전히 신비를 좋아한다는 거. 신비와 사귀기 전이나 사귀고 있는 지금이나 내 마음은 똑같다는 거. 그러니 신비가 내 사진으로 무슨 짓을 하든 괜찮다는 거.

신비가 행복해질 수만 있다면 얼마든지······.

"너한테 난 뭐야?"

등을 보이며 휴대폰을 하고 있는 신비에게 물었다. 굳이 대답을 듣고 싶지는 않았다. 그런데 신비가 내 쪽으로 몸을 돌렸다. 신비가 내 얼굴을 두 손으로 감싸 안았다. 코앞으로 신비 얼굴이 다가왔다. 숨을 쉴 수가 없었다. 몸이 폭발해서 산산조각이 날 것만 같았다. 나도 모르게 눈을 감았다.

신비의 촉촉한 입술이 내 입술에 닿았다. 말하자면 첫 키스였다.

"이거지, 뭐."

신비가 빙긋 웃었다.

내 사랑은 의심할 여지가 없었다.

38

 김도희가 박도윤 팔을 잡고 교실 안으로 들어왔다. 심상치 않은 전운이 교실 안에 가득했다. 박도윤은 잔뜩 풀이 죽은 얼굴로 끌려왔고 김도희는 기세등등했다. 김도희는 박도윤을 끌고 곧장 신비 자리로 걸어갔다. 교실에 있던 아이들의 시선이 일제히 그쪽으로 쏠렸다.
 김도희가 신비를 노려보며 말했다.
 "이제 삼자가 모였으니까 말해 봐. 누구야? 누가 먼저 시작한 거야?"
 킹카 박도윤은 사라지고 겁에 질린 찌질남 박도윤이 두 손을 모아 삭삭 빌었다.
 "잘못했어. 다시는 이런 일 없을 거야, 응? 도희야."
 "니가 먼저 꼬신 거야?"
 "아냐. 난 싫다고 분명히 말했어."
 "뭐라고 했는데?"
 "나 여자 친구 있다고."
 "근데?"

"그래도 상관없댔어."

"누가?"

박도윤이 손가락으로 신비를 가리켰다. 신비의 어깨가 잠깐 들썩였다. 아이들이 웅성거리기 시작했다. 김도희가 계속 다그쳤다.

"분명히 애가 먼저 꼬셨지?"

"그렇다니까."

"어떻게?"

"너 버리고 자기한테 오면 원하는 거 다 들어준댔어."

"그래서? 뭐 들어줬는데?"

그때 신비가 갑자기 자리에서 벌떡 일어나서 말했다.

"그만해."

김도희가 신비를 매섭게 노려보며 박도윤에게 물었다.

"뭐 들어줬는데?"

교실 안에 긴장감이 팽팽해졌다. 신비가 갑자기 책상을 박차고 나갔다. 김도희는 이제 볼일이 다 끝났다는 듯 박도윤을 쏘아보며 말했다.

"너 앞으로 절대 내 앞에 나타나지 마."

"잘못했어, 도희야. 한 번만 용서해 줘."

아이들이 여기저기서 키득키득 웃었다. 나는 신비를 찾으러 밖으로 나갔다. 복도에는 없었다. 화장실에 가 봤다. 마지막 칸이 안에서 잠겨 있었다. 그 칸은 신비와 나의 비밀 공간이었다.

문을 두드리자 안에서 작게 두드리는 소리가 들렸다. 또 한 번 두드리자 안에서도 다시 두드렸다.

"신비야, 안에 있니?"

안에서 아무 소리도 들리지 않았다.

나는 어떻게 위로를 하는지 배우지 못했다. 아이들을 보면 친구가 곤경에 처했을 때 가만히 다가가 등을 두드려 주며 "괜찮아?"라고 묻거나 아무 말도 없이 옆을 지켜 주곤 했다. 옆에 있어 주는 것만으로도 큰 위안이 되는 것 같았다. 나도 신비 옆에 있어 주고 싶었다. 박도윤과 신비는 아무 사이도 아닐 것이다. 뭔가 오해가 있었을 것이다.

잠시 후 문이 열리고 신비가 안에서 나왔다. 신비는 나를 외면하고 세면대로 가서 세수를 했다. 세수를 마친 신비 얼굴에서 물방울이 툭툭 떨어졌다. 거울 속 신비는 무표정이었다. 나는 말없이 신비 옆에 서 있었다. 신비는 끝내 나를 보지 않았다. 내가 옆에 있는데도 나에게 눈길 한 번 주지 않고 화장실에서 나갔다.

그날 하루 종일 신비는 나를 투명 인간 취급했다. 내가 말을 시켜도 대꾸하지 않았다. 다음 날도 그다음 날도. 나는 계속 신비에게 투명 인간 취급을 당했다. 우리는 이제 아침에 만나 수다를 떨지도 않았고 쉬는 시간에 화장실에 함께 가지도 않았다. 급식실에서도 멀찍이 떨어져서 밥을 먹었다. 문자를 보내도 답장이 없었다. 문자를 아예 읽지도 않고 확인조차 하지 않았다. 신비가 갑자기 왜 싸늘해졌는지 궁금했다. 그 이유를 물어보고 싶었지만 신비는 나하고 눈도 마주칠 기회를 주지 않았다.

교실에서 신비가 있는 자리까지는 고작 다섯 걸음밖에 안 되었다. 그러나 지구를 다섯 바퀴 돌아도 신비에게는 가지 못할 정도로 멀게만 느껴졌다.

39

유튜브 스타 바이올렛이 바로 내 눈앞에 앉아 있다니, 믿어지지 않았다. 물론 유튜브에서처럼 화려하게 화장을 하지는 않았지만 태승이를 보고 있자니 연예인을 만난 기분이었다.

어젯밤 태승이한테 중요하게 할 얘기가 있다며 잠깐 보자는 문자가 왔다. 신비와의 약속 때문에 그동안 태승이한테 오는 문자에 답하지 않았지만, 어젯밤에는 답장을 하고 말았다. 태승이를 만나 하소연하고 싶었는지도 모르겠다. 뭔가 붙잡고 싶었는데 마침 태승이가 밧줄을 던져 준 꼴이었다.

막상 태승이를 만났지만 내 고민을 털어놓을 분위기가 아니었다. 태승이의 표정이 심각했다. 눈 밑에 다크서클이 짙게 내려오고 입술은 바짝 말라 있었다.

태승이가 다짜고짜 물었다.

"넌 괜찮니?"

"뭐가?"

"서지우 보는 거."

서지우가 새 드라마에 캐스팅됐다는 인터넷 뉴스를 얼마 전에 봤다. 조연이 아니라 주연이었다. 액션과 코믹, 멜로가 섞여 있는 사극이라며 대대적으로 홍보를 했다. 상대 배우로는 요즘 최고 주가를 달리고 있는 금나라가 캐스팅돼 이미 촬영을 절반이나 마쳤다고 한다.

"힘들지."

태승이가 나에게도 동의를 구하는 것 같아 대답했지만 솔직히 별 느낌이 없었다. 아, 한때 일진이었던 애도 이렇게 잘나가는구나, 하고 생각할 정도였다. 연예인이 다 그렇지, 뭐. 대중에게 보여지는 것과 실제 모습이 다르다는 거 누구나 알고 있지 않나? 서지우를 TV에서 볼 때마다 태승이가 생각나기는 했다. 태승이는 괜찮을까? 하는 정도.

그러나 태승이는 내 생각보다 심각해 보였다. 태승이가 나를 빤히 쳐다봤다. 그 눈빛에 분노가 가득했다.

"그 정도?"

억지로 연기를 하고 싶지 않았다. 지금 나는 서지우보다 신비 때문에 더 힘들다. 지나간 과거는 현재를 이기지 못한다. 아무리 강력한 과거였다고 해도.

"그럼 얼마나 힘들어야 하는데?"

나도 모르게 목소리가 높아졌다. 태승이가 나를 물끄러미 쳐다봤다. 그 눈에 이제는 분노 대신 어떤 연민 같은 게 가득했다. 분노의 눈빛도, 연민의 눈빛도 싫었다. 어쨌든 내 머릿속에는 신비밖에 없었다.

태승이가 말했다.

"내가 원하지 않아도 앞으로 평생 그 얼굴을 보고 그 이름을 들어야 한다는 게 끔찍해."

"그냥 잊어. 다 지나간 일이야."

태승이가 나를 빤히 쳐다봤다.

"잊어?"

"그래. 그러지 않으면 너만 손해야."

"어떻게 그렇게 편하게 생각할 수가 있지? 난…… 적어도 너는 나만큼 분노할 줄 알았는데……."

"이제 와서 분노하면 어쩔 건데? 지나간 일이 없던 걸로 리셋이라도 되니? 어차피 과거는 흘러갔고 넌 지금 잘 살고 있잖아. 더는 과거에 얽매여서 네 삶을 갉아먹지 마."

"내가 잘 사는 것 같니?"

"유튜브 봤어. 그 정도면 너도 성공한 거지."

어쩌다 우리 대화가 이렇게 흘러가고 있는지 얘기를 하면서도 너무 슬펐다. 마음과는 달리 말이 자꾸 삐딱하게 흘러나왔다. 신비에게는 한마디도 못 하면서, 태승이한테는 왜 이럴까.

 태승이는 벌떡 일어서더니 카페에서 나가 버렸다. 벙커에서 뛰쳐나간 그날의 태승이가 생각났다. 그때나 지금이나 나는 태승이를 잡지 못했다.

40

 아침에 눈을 떴는데 침대에서 일어날 수가 없었다. 몸이 너무 아팠다. 살갗이 수백 개의 바늘로 찌르거나 날카로운 칼로 도려낸 것 같았다. 처음 겪는 종류의 고통이었다.

 아빠와 새엄마가 놀라서 병원에 가자고 했지만 나는 온몸으로 거부하며 제발 나를 가만 내버려 두라고 애원했다. 하루 종일 미라처럼 침대에 누워 있었다. 아무것도 생각하지 않으려고 애쓸수록 아무것도 아닌 생각이 머릿속에 가득 차올랐다. 생각이 꼬리를 물고 다른 생각으로 이어졌다.

 신비가 내 사진을 무단으로 SNS에 올리고 있다는 사실을 알면서도 나는 분노하기는커녕 신비 앞에서 기괴한 옷을 입고 포즈를 취했다. 신비가 다른 남자아이와 사귀는 걸 알면서도 오히려 신비를 위로하려고 했다.

 그렇다면 나는 감정이 없는 인간이란 말인가? 왜 이렇게 분노가 생기지 않고 몸이 아플까?

　나는 왜 원하는 걸 가질 수 없는 존재일까? 어렸을 때는 엄마가 없는 게 당연하다고 생각했다. 그런데 어린이집에 다니면서 비로소 나에게 결핍이 있다는 것을 알았다. 다른 아이들 옆에는 짝꿍으로 엄마가 있었다. 나만 짝꿍이 아빠였다. 아빠는 엄마를 대체할 수 없었다. 처음으로 느낀 결핍이었다.

　신비도 나에게 결핍이었다. 멀리서 바라보기만 했으니까. 그런데 신비와 사귀기 시작하면서 결핍이 채워졌다. 한동안 정신을 차릴 수가 없었다. 결핍이 없는 상태의 풍만함을 즐겼다. 마음 한쪽이 점점 비어 오기 시작하는 것을 애써 누른 채.

　신비는 내 마음에서 사랑이라는 감정을 캐내 환한 햇빛으로 꺼내 주었다. 사랑은 여러 가지 불순물을 제거한 뒤 순수한 진액만 남은 감정이었다. 고결하고 순수한 감정의 결정체. 신비가 아니었으면 나에게 그런 감정이 있는지조차 몰랐을 거다. 그래서 신비가 아무리 나를 이용하고 배신해도 미워할 수가 없었다.

　구멍이 생기기 시작하는 마음을 들여다보지 않으려고 했다. 두려웠다. 신비가 나를 좋아하지 않는다는 것을 내가 알까 봐. 내가 신비를 좋아하는 게 아니라 신비를 좋아하는 내 감정을 좋아하고 있을까 봐. 내가 사랑이라고 믿는 그것이 어쩌면 한순간에 사라져 버리는 물거품 같은 것일까 봐.

　그 모든 두려움이 내 마음을 들여다보는 것을 거부했다. 그런데 이제 조금씩 보이기 시작했다. 우리는 서로 다른 먼 곳을 바라보고 있다. 결핍은 결코 채워지지 않는다. 아무리 서로 뜨겁게 사랑해도.

새엄마가 가져다준 진통제를 두 알이나 먹었는데도 계속 몸이 아팠다. 하루 종일 자다 깨다를 반복했다.

오후 늦게 겨우 일어나 휴대폰을 확인했다.

문자가 와 있었다. 담임한테 한 통.

─아프면 푹 쉬어라. 병원 가서 진단서 받아 오는 거 잊지 말고.

아빠한테서 세 통.

─우리 딸 괜찮아? 아프지 마. 아빠 마음 찢어지니까.

─지금은 어때? 아빠가 일이 손에 안 잡히네. 뭐 좀 먹었어?

─춘란아. 일어났으면 답장 좀.

그리고 태승이한테서 온 긴 문자.

─너에게 분노를 강요하는 게 아니었는데. 넌 너의 감정이 있고 난 나의 감정이 있는데 나와 같지 않다고 실망하다니, 미안하다. 진심으로 사과한다. 어제 너 만나러 간 건 연대하기 위해서였어. 너도 피해자였으니까 같이 힘 모으면 될 줄 알았지. 그런데 아니었네. 난 도저히 용서하고 살아갈 자신이 없어. 그 애를 볼 때마다 지나간 시간이 떠오를 거고 내 영혼은 건강하지 못한 채로 평생 살아가야 할 거야. 생각만 해도 끔찍해. 그래서 결심했어. 중학교 때 내가 당했던 모든 일들을 낱낱이 세상에 알릴 거야. 나 오늘

쇼 하러 미국 간다. 내가 다시 한국으로 돌아왔을 때 어떤 결과가 기다리고 있을지 모르겠지만 후회는 절대 안 해. 건강해라, 박춘란. 너도 별로 좋아 보이지 않더라.

태승이 유튜브 커뮤니티에는 뉴욕에서 열리는 세계 드래그 퀸 쇼에 참가한다는 공지 글이 떠 있었다. 1년에 한 번씩 열리는 세계 드래그 퀸 쇼에 참가하기 위해 전 세계에서 활동하는 드래그 퀸들이 뉴욕으로 모여드는데 태승이와 동료들이 한국 대표로 참가하게 됐다는 내용이었다. 태승이는 지금 의상도 준비하고 화장법도 개발하며 바쁘지만 무척 설레는 시간을 보내고 있다고 했다. 커뮤니티에도 수많은 댓글이 달렸다. 주로 응원한다는 댓글이었다.

태승이 문자를 읽고 나서 또 잤다. 눈을 떴을 때 아직 내가 살아 있다는 사실이 놀라웠다. 죽을 것 같은 고통이었는데, 잠이 들면 영영 깨어나지 않기를 그토록 바랐는데 창밖은 여전히 환한 대낮이었다.

화장실에 가려고 밖으로 나갔다. 아빠는 회사에 출근했고 유담이는 어린이집에 갔고 새엄마는 무거운 몸으로 편의점에 아르바이트를 하러 갔다.

부드러운 햇살이 집 안 풍경을 더 따스하게 비추고 있었다. 너무 평화로워서 오히려 낯설었다. 이곳은 내가 있으면 안 되는 곳인데. 아빠와 새엄마와 유담이의 스위트홈인데. 내가 유령이 돼서 화목하고 단란한 어느 가정을 엿보는 기분이었다.

식탁 위에 상보가 덮여 있었다. 상보를 젖히니 음식이 차려져 있었다. 밥그릇과 국그릇, 달걀말이와 멸치볶음, 깍두기 반찬이 작은 접시에 담겨 놓여 있었다. 국그릇 옆에는 메모지도 있었다.

— 일어나면 밥 챙겨 먹어. 냉장고에 사과 있으니까 밥 먹고 꼭 먹고. 밥심만 있으면 어떤 힘든 일도 버틸 수 있으니까 든든히 먹어. 담임선생님한테는 내가 연락했으니까 걱정하지 말고. 네가 좋아졌으면 좋겠다.

'새엄마가'라고 쓴 글씨를 지운 뒤에 '엄마가'라고 적혀 있었다.

처음 보는 새엄마 글씨였다. 네모반듯하고 딴딴해 보이는 글씨체였다.

41

교실문을 열었을 때 내 눈은 신비 자리로 향했다. 머리로는 보지 않으려 해도 눈은 습관처럼 그쪽을 향했다. 신비는 환하게 웃는 표정으로 윤여름, 백솔지와 수다를 떨고 있었다. 아는 척을 해야 하나 말아야 하나 몇 초 동안 고민했다. 여전히 나를 투명 인간 취급할까 봐 두려워서 망설이고 있는데 어느 순간 신비가 고개를 돌렸다. 우리는 눈이 마주쳤다. 신비가 자리에서 일어나 곧장 나에게 걸어왔다.

"춘란아, 어제 왜 안 왔어? 걱정했잖아."

신비는 아무 일도 없었던 것처럼 내 어깨를 톡톡 두드리며 말했다. 교실에 들어오기 전까지만 해도 신비를 봤을 때 내 기분이 어떨지 수없이 상상했다. 여전히 내 심장은 두근거렸다.

"조금 아팠어."

"어디 아팠는데? 나한테 연락하지 그랬어."

"이젠 다 나았어. 걱정해 줘서 고마워."

신비가 다시 자리로 돌아갔다. 그러고는 그때까지 신비 자리에서 기다리던 윤여름, 백솔지와 계속 수다를 떨었다. 나는 내 자리로 와서 앉았다. 며칠 전 사건은 아이들 머리에서 깨끗이 포맷된 것 같았다. 그 누구도 신비를 향해 수군거리지 않았고 손가락질도 하지 않았다. 김도희만 불만이 가득한 표정으로 한 번씩 신비를 노려보고 지나갈 뿐이었다.

신비는 달라진 게 없었다. 여전히 아이들에게 친절했고 회장으로서 학급 일에도 열심이었다. 수업 시간에 집중했고 발표도 잘했다.

다섯 걸음 떨어진 곳에 신비가 있었지만 이제야 신비와의 거리가 보였다. 다섯 걸음보다 훨씬 더 멀리 있는.

3교시가 끝나고 신비가 내 자리로 왔다.

"화장실 가자."

신비가 화장실에 가자고 하는 건 내 몸을 찍기 위해서였다. 나는 내 몸을 찍히고 싶지 않았다.

"안 가고 싶은데?"

"안 가고 싶다고?"

신비가 의외라는 듯 내 얼굴을 빤히 쳐다봤다.

"응. 2교시 끝나고 갔다 왔거든."

신비 표정이 살짝 일그러졌다.

"그래? 알았어."

점심시간이 됐을 때 신비가 또 내 자리로 왔다.

"밥 먹고 뒷동산 가자."

뒷동산에는 야외무대와 산책 코스가 있었다. 그곳에서도 신비가 내 몸을 찍었다. 우리는 점점 더 과감해져서 야외무대와 나무, 꽃 등을 배경으로 촬영하기도 했다.

나는 가방에서 보온병을 꺼냈다. 새엄마가 아침에 싸 준 전복죽이었다.

"점심 싸 왔어."

신비 얼굴에 실망의 빛이 스치고 지나갔다. 나는 보온병 뚜껑에 죽을 따랐다. 죽에서 김이 모락모락 났다.

신비가 비어 있는 내 앞자리에 앉았다.

"너 왜 그래?"

"뭘?"

"나한테 화났니?"

"아니."

"박도윤 때문에 화난 거 같은데. 그거 그냥 장난이야."

"난 괜찮아."

"뭐가 괜찮은데?"

"네가 남자 친구 사귀는 거."

내 말은 진심이었다. 신비에게 질투의 감정이 전혀 느껴지지 않았다.

"나 못 믿어? 장난 한 번 친 거라니까."

신비가 화를 냈다. 신비가 화를 내도 두렵지 않은 게 이상했다. 더는 신비의 감정에 휘말리기 싫었다. 신비가 우울하면 나도 우울하고 신비가 기분이 좋으면 나도 좋은, 그런.

나는 천천히 죽을 떠먹었다. 전복죽은 맛있었다.

42

인터넷이 발칵 뒤집혔다. 뉴스마다 서지우 학폭 사건을 다뤘다. 기사에서는 모두 익명으로 다뤘지만 댓글에서는 이니셜로 SJW를 지목했다. 실명이 터지는 건 시간문제였다. 처음 폭로가 시작된 곳은 유튜브 채널이었다. 연예 뉴스를 다루는 그 채널에서 제보를 받았다면서 구체적인 학폭 내용을 내보냈다.

제보 내용에 따르면 학폭 가해자는 중학교 1학년부터 3학년 때까지 학내에서 유명한 일진으로 활동했다고 했다. 체격이 좋고 각종 무술에 능해 싸움에는 자타가 공인하는 고수였다고 했다. 가해자가 아이들을 괴롭힌 방법은 서지우가 했던 것과 똑같았다. 댓글에 다른 폭로가 이어졌다. 가해자와 같은 중학교 출신이라는 피해자들은 중3 때 기획사 직원들이 찾아와 합의를 요구했고 가해자도 피해자들을 일일이 찾아다니며 무릎 꿇고 용서를 빌었다고 했다. 2년의 시간이 지난 뒤 가해자는 톱스타가 되어 나타났다. 개성 있는 외모에 뛰어난 연기 실력, 고등학생답지 않은 피지컬로 차세대 스타로 각광받고 있었고 이제는 주연 자리까지 꿰찼다.

연예 유튜버는 분노한 얼굴로 말했다.

"학교폭력은 절대 용서될 수 없는 간접 살인입니다. 가해자는 피해자들 앞에 절대로 나타나서는 안 됩니다. 그건 피해자를 두 번 죽이는 행위이기 때문입니다. 이번 일은 제가 끝까지 추적해서 보도하겠습니다. 피해자들은 댓글을 달아 주세요."

게시물은 폭발적인 조회수를 기록했다. 댓글도 수천 개가 달렸다. 댓글을 읽는 게 고통스러웠다. 과거의 일들이 가시가 되어 내 몸에 박혔다. 그냥 잊으라고, 다 지나간 일이라고 태승이에게 했던 내 말도 가시가 되어 나를 찔렀다. 태승이가 맞았다. 과거는 흘러간 게 아니라 고여 있었다. 언제든 심장을 찌를 가시를 감춰 둔 채.

'봄란에는 혀가 없어요.'

인별그램에서 내 몸은 수많은 맹수들에게 난도질당하고 있었다. 맹수들이 살점을 물어뜯었다. 살점과 팔다리가 뜯겨 나갔고, 맹수들은 피가 뚝뚝 흐르는 심장까지 꺼내 사납게 포식했다.

댓글의 수위는 점점 높아졌다. 댓글에 단 답글도 그 수위에 맞춰 높아졌다. 도저히 두 눈 뜨고 볼 수 없어서 댓글을 읽다 말고 휴대폰을 꺼 버렸다.

43

아빠는 내가 진짜 개명할 거라고는 생각을 못 했던 것 같다. 내가 박유진이라는 이름을 내놓자 의외라는 듯 고개를 갸우뚱거렸다.

"유진? 설마 유담이랑 돌림자 쓴 거야?"

설마 그럴 리가.

유진은 내가 유치원 때부터 좋아했던 이름이었다. 우리 샛별반에 이유진이라는 아이가 있었다. 내가 춘란이라는 이름으로 불릴 때 유진이는 유진이로 불렸다. 나는 그 아이의 예쁜 얼굴도, 젊고 세련된 엄마도 부럽지 않았다. 단지 유진이라는 그 이름이 부러웠다.

아빠 엄마가 있는 평범한 가정에서 태어나 적당히 사랑받으며 자라고 세 살 터울의 떼쟁이 동생이 있는 유진이. 시험 성적과 친구 문제로 힘들어하고 얼굴에 난 뾰루지 때문에 고민하는 대한민국의 보통 청소년 유진이. 좋아하는 남자 때문에 가슴앓이하고 남친이 생겼을 때 함께 스티커 사진을 찍어 럽스타그램에 올려 꽁냥꽁냥하는 사랑스러운 유진이. 세상에서 가장 평범한 소녀 유진이.

나도 그렇게 유진이라는 이름으로 살고 싶었다. 그러나 지금까지는 유진이로 산다는 것이 불가능했다. 이제 그 불가능을 깨 보려고 한다. 누가 지어 준 이름이 아닌, 내가 지은 이름으로 말이다.

44

신비가 화해하는 의미로 노래방에 가자고 했을 때, 나는 순순히 신비를 따라 노래방에 들어갔다. 신비는 기분이 좋아 보였다. 노래방 천장에서 돌아가는 사이키 조명이 색색깔 빛을 쏟아 냈다. 초록색 동그라미, 노란색 동그라미, 빨간색 동그라미가 물고기처럼 좁은 노래방 안을 헤엄쳐 다녔다.

신비가 노래책 책장을 신경질적으로 착착 넘겼다. 노래방에 오면 언제나 신비가 대부분 노래를 불렀기 때문에 나는 옆에 앉아 있었다. 책장을 넘기던 신비가 갑자기 노래책을 덮더니 말했다.

"아, 시시해."

신비는 소파에 편한 자세로 앉아서 옆에 있는 나를 물끄러미 바라보았다. 그러더니 휴대폰을 집어 들었다.

"벗어 볼래?"

옆방 남자가 악을 써 가며 불러 대는 노랫소리 때문에 신비 말이 제대로 들리지 않았다.

"뭐라고 했어?"

신비가 나를 빤히 쳐다보며 말했다.

"벗으라고."

"뭘?"

"교복."

"왜?"

"나체 사진 찍고 싶어."

신비의 표정은 단호했다. 부탁이 아니라 명령이었다. 마치 주인이 노예에게 명령하듯. 다리를 벌려 봐, 단추를 두 개만 풀어 봐, 머리를 더 뒤로, 엉덩이를 쭉 빼 봐, 혀를 내밀어 봐. 단지 신비를 사랑한다는 이유로, 그동안 신비가 시키는 대로 했다. 그 사진이 어떻게 쓰이는지 알면서도 그랬다. 신비를 좋아하니까, 신비가 좋아하는 거라면 뭐든 할 수 있었으니까. 그런데 점점 의문이 생기기 시작했다. 신비가 나를 좋아하지 않고 단지 나를 이용해도 나는 여전히 신비를 좋아할 수 있을까? 신비가 원하면 내 나체 사진을 찍으라고 할 수 있을까? 수많은 맹수들이 이빨을 드러낸 광장 한가운데로 걸어갈 수 있을까? 맹수들에게 내 몸이 갈가리 찢기고 내 심장마저 도려내지는 고통을 참을 수 있을까?

 나는 아무 말도 하지 않았다. 옷도 벗지 않았다. 신비가 애원하듯 두 손을 맞잡고 말했다.

"너의 멋진 몸을 보고 싶어. 부탁이야, 플리즈."

나는 단호하게 말했다.

"대신 조건이 있어."

"뭔데?"

"비밀번호 알려 줘."

"무슨 비밀번호?"

"'봄란에는 혀가 없어요' 계정."

신비가 놀란 얼굴로 나를 빤히 쳐다봤다. 나도 신비를 쳐다봤다. 우리 둘은 서로를 뚫어져라 바라봤다.

"알고 있었어?"

"응."

두려움이라는 괴물이 내 마음속에서 서서히 힘을 잃어 가고 있었다.

"언제부터?"

"그게 중요해?"

"중요해."

"왜?"

"알고 있었으면서 모른 척한거니까 비겁하잖아."

"그게 비겁해?"

"이제 보니 너 참 무서운 애구나?"

"알려 줘. 비밀번호."

"알아서 뭐 하려고?"

"폭파하려고."

"무슨 권리로?"

"내 몸 사진이니까."

"싫다면?"

"싫어도 알려 줘."

신비가 매서운 눈빛으로 나를 노려보았다. 그런 신비 표정을 봐도 내 감정이 아무렇지도 않다는 게 놀라웠다. 바로 얼마 전까지는 신비의 표정이나 기분에 따라 내 감정도 달라졌다. 신비가 화가 나 있으면 나는 안절부절못했고 신비가 즐거워하면 나도 즐거웠다. 신비의 모든 감정이 공기를 통해 나에게 전달될 때는 언제나 몇 배씩 증폭이 되었다. 그래서 나는 신비와 사귄 뒤로 한 번도 내 감정이라는 것을 가져 보지 못했다. 그런데 이제 증폭이 사라졌다. 놀랍고 신기하게도.

"이제 그만해. 지금까지 했던 것만으로도 충분히 즐기지 않았니?"

내 귀로 들리는 내 목소리가 소름이 끼칠 정도로 차분했다. 신비는 나를 노려봤다. 눈에서 레이저가 나올 거 같았다. 그러나 내 마음은 더없이 평온했다. 마치 이 순간을 예상하고 기다려 왔던 것처럼.

"정 그렇게 알고 싶으면 네가 알아내면 되겠네. 네 계정이니까 네가 잘 알 거 아니니?"

신비가 가방을 집어 들더니 노래방에서 나갔다. 신비의 뒷모습을 보며 내 믿음은 더 확실해졌다. 이제 진짜 마지막이구나.

45

세상의 모든 에너지는 순환한다. 물과 공기와 바람은 돌고 돈다. 지금 내가 마시는 공기는 이미 지구가 생긴 몇십억 년 전에 만들어졌다. 셀 수 없이 많은 사람이 마셨다가 뱉어 낸 공기를 지금 내가 마시고 있다. 지구가 처음 생겼을 때의 물을 오늘 아침에도 마셨다. 사랑도 마찬가지 아닐까? 모든 인류의 몸을 통과했던 각각의 사랑이 돌고 돌아서 다시 누군가의 마음으로 들어가고, 한동안 그 마음속에 머물다 나와 다시 갈 곳을 찾아다닌다. 그중 하나가 나에게로 왔다. 사랑이 언제 들어왔는지 정확하게 알 수는 없지만 나간 것만은 정확하게 알 수 있다. 이제 막 내 몸을 통과한 사랑은 대기 속으로 사라졌다. 아니, 사라진 게 아니라 수많은 사랑과 결합하거나 분리돼 떠돌다가 언젠가는 또 다른 형태의 사랑으로 내 몸에 들어오겠지. 이젠 확실히 믿을 수 있다. 나는 사랑을 경험한 몸이고, 앞으로 얼마든지 사랑이 들어올 몸을 갖고 있다는 것을.

46

서지우의 실명이 공개됐다. 포털 뉴스가 서지우라는 이름으로 도배되다시피 했다. 그러나 정작 뉴스에 소개된 서지우의 학폭 내용은 실제 저질렀던 것에 비하면 아무것도 아니었다. 태승이는 그날 벙커에서 당했던 일을 고발하지 않았다. 나도 몇 번 폭로 댓글을 달까 고민했지만 그러면 태승이 일까지 밝혀야 하기 때문에 달지 않았다.

서지우는 드라마를 절반 이상 촬영한 상태라 문제가 더 커졌다. 기사에서는 앞으로 서지우에게 일어날 몇 가지 경우의 수를 예로 들었다. 그중 가장 확실한 마무리는 드라마 촬영을 멈추고 서지우가 은퇴하는 거라고 했다. 한 인터넷 신문에는 서지우가 무릎을 꿇고 눈물이 글썽거리는 눈으로, 괴롭혔던 모든 친구들에게 용서를 빈다는 내용의 기사가 실렸다. 친필 사과문도 게재됐다. 각종 매스컴들은 서지우가 철없는 나이에 저지른 일이니만큼 먼저 피해자들에게 용서를 빌어야 하며 비가 온 다음 땅이 단단해지듯 대형 스타로 거듭나기를 바란다는 내용의 기사를 보도했다. 교실 반응은 더 차가웠다. 여자아이들은 팬이었는데 실망했다며 안티로 돌아서겠다고 날을 세웠다.

47

신비 옆에는 새 남친이 따라다녔다. 아침마다 운전기사가 딸린 고급 외제차를 타고 등교하는 남자아이였다. 두 사람의 애정 행각은 뜨거웠다. 둘은 복도에서 교실에서 운동장에서 거침없이 포옹하고 키스했다.

그런 신비를 볼 때마다 아무렇지 않았다면 거짓말이겠지만 차차 익숙해진 다음에는 정말로 아무렇지 않게 되었다.

신비와 나와의 관계는 끝났지만 우리 사이에는 아직 해결하지 못한 문제가 남아 있었다. '봄란에는 혀가 없어요' 계정에는 매일 사진이 올라왔고 신비는 여전히 댓글에 답글을 달고 있었다. 나는 계속 계정을 삭제해 달라는 문자를 보냈고 신비는 내가 보낸 문자는 읽지도 않았다. 학교에서도 신비는 교묘하게 나를 피해 다녔다.

48

 교문을 들어섰을 때부터 분위기가 이상했다. 교실로 걸어가던 아이들이 나를 힐끔거렸고 등 뒤에서 쑥덕거리는 소리가 들렸다. 남자아이들은 뒤에서 휘파람을 불었다.

 그때 누군가 소리쳤다.

 "몸캠!"

 다른 아이가 소리쳤다.

 "으웩, 토 나와."

 또 다른 아이가 내 옆을 지나가며 내 귀에 들리도록 말했다.

 "레즈비언 쓰레기."

 교실로 들어가기 전 화장실에 가서 '봄란에는 혀가 없어요' 계정에 들어가 봤다. 새로 올라온 사진 제목은 'B급 사진 시리즈'였다.

 그동안 올린 사진은 내 몸의 어느 한 부분을 클로즈업해서 찍은 사진들이었다. 그러나 새로 올린 사진은 얼굴 윤곽이 드러나는 사진이었다. 희미하게 모자이크 처리를 했지만 내 얼굴을 아는 사람이 보면 단박에 알아볼 수 있을 정도였다.

 사진을 보자 너무 화가 나서 견딜 수가 없었다. 인내심이 한계에 다다랐다. 교실에 들어가 신비를 찾았다. 신비는 자리에 앉아 있었다. 신비에게 갔다. 신비가 고개를 들고 나를 힐끔 쳐다보더니 다시 고개를 숙였다.

"여기에서 얘기할래, 아니면 나가서 할까?"

내 목소리는 떨렸다. 손끝도, 심장도. 신비 옆에만 가도 떨렸던 그때와는 다른 종류의 떨림이었다. 신비가 내 말을 무시했다. 나는 더 큰 소리로 말했다.

"여기서 말할까?"

반 아이들 몇몇이 우리 쪽을 쳐다봤다. 신비가 자리에서 일어났다. 나는 앞장서서 걸었다. 신비가 내 뒤를 따라왔다.

나는 뒷동산으로 갔다. 신비가 내 가슴을 찍던 벤치 앞에서 걸음을 멈췄다.

"부탁이야. 계정 폭파해 줘."

신비가 싸늘한 얼굴로 나를 쳐다보며 말했다.

"친구도 없는 왕따, 기껏 구제해 줬더니 은혜도 모르고 나한테 이럼 안 되지."

도대체 내가 좋아했던 건 신비의 어떤 모습이었을까? 내가 좋아했던 신비와 지금 신비는 여전히 똑같은 사람인데 도대체 뭐가 달라진 거지?

내가 물었다.

"재밌어?"

"응. 재밌어. 댓글 읽는 맛이 아주 짜릿하거든."

"내 몸 사진이잖아."

"네가 찍으라고 허락한 거 잊었어? 내가 찍은 사진이니까 어떻게 하든 내 맘이지."

신비에게 향했던 화가 어느새 연민으로 변했다.

"너한테 난 뭐였어?"

우문이었지만 꼭 확인하고 싶었다. 신비가 나를 어떻게 생각했는지. 나에 대한 감정이 어떠했는지. 어떤 끔찍한 대답도 들을 각오가 돼 있었다.

신비가 비웃음이 가득 담긴 얼굴로 말했다.

"편지 받고 좀 설렜어. 솔직히 남자애가 보낸 건 줄 알았거든? 나중에 어찌어찌해서 네가 보냈다는 걸 알았지. 약간 의외라고 생각했지만 뭐 괜찮았어. 날 사랑해 주는 사람이라면 난 누구든 오케이. 난 평소에 내 성정체성이 궁금했어. 여자애한테 설렜던 적도 있었거든. 너를 통해 확인하고 싶었어. 근데 확실히 난 아니더라. 널 좋아해 보려고 노력했는데 점점 혐오스러워질 뿐."

신비의 말 한마디 한마디가 가시가 되어 내 살갗을 찔렀다. 너무 아팠지만 꾹 참았다.

"너, 나랑 사귈 때 좋았잖아. 나도 뭔가 보상을 받아야 할 거 아니겠니? 이걸로 그동안 내가 너한테 잘해 줬던 거 퉁쳐. 더는 내 계정에 대해 이래라저래라 간섭하지 말고."

신비는 내 말을 더 이상 듣지 않고 교실로 들어가 버렸다.

49

 알 수 없는 두드러기가 몸을 뒤덮기 시작했다. 처음에는 발등에 있는 작은 반점으로부터 시작됐다. 붉은 반점은 종아리를 타고 허벅지를 타고 배를 거쳐 얼굴까지 올라왔다. 피부과에 가서 약을 타다 온몸에 발랐지만 소용없었다.

 샤워를 할 때 거울에 비친 몸을 보고 깜짝 놀랐다. 거기엔 인간이 아니라 온몸에 붉은 반점이 돋아난 괴물이 서 있었다. 반점 하나하나가 가려웠다. 하루에 연고 한 통을 다 발라도 반점은 없어지지 않았다. 몸을 긁느라 밤에 잠도 제대로 자지 못했고 입맛도 없어서 밥도 먹지 못했다. 내 몸은 서서히 망가져 가고 있었다.

50

 태승이에게 문자가 왔다. 귀국 기념으로 선물을 사 왔다며 증정식을 해야 한다고 했다. 나는 약속 장소로 달려 나갔다.

 태승이는 청바지에 명품 항공점퍼를 입고 있었는데 방금 패션잡지에서 튀어나온 모델 같았다. 우리 반 남자애들하고는 전혀 다른 차원에 사는 사람 같았다.

 태승이와 마주 앉아 있으면서도 나는 온몸을 벅벅 긁었다. 태승이는 나를 보고 깜짝 놀랐다.

"사춘기 시작인가?"

멍게가 된 얼굴이 조금 신경 쓰였지만 태승이를 보자 마음이 푸근해지고 말았다. 오랜만에 만났는데 바로 어제 만났던 것처럼 친근하게 느껴졌다는 게 놀라웠다. 태승이는 포장도 하지 않은 화장품 하나를 내 앞으로 내밀었다.

"너처럼 피부가 예민한 청소년에게 좋은 제품이야."

태승이를 보자 많은 감정이 솟구쳐 올라왔다. 딱 뭐라고 설명할 수 없는 복잡한 기분이었다.

태승이는 각국에서 온 드래그 퀸 사진을 보여 주었다. 다들 헉 소리가 날 정도로 아름다웠다. 태승이는 황금 여신 콘셉트로 꾸몄다. 머리에는 노란색 가발을 썼고 속눈썹은 물론 색조 화장을 한 눈과 입술도 온통 황금색이었다. 끈이 달린 황금색 원피스에 황금색 하이힐을 신고 요염한 포즈를 취하고 있었다. 스테이지를 걷는 동영상 속의 태승이에게서 황금 가루가 흩날리는 것 같았다. 태승이는 다른 나라에서 온 드래그 퀸 사이에서도 유독 돋보였다.

"쇼에 참가했을 때 심장이 터질 것 같았어. 세상을 다 가졌다는 게 어떤 건지 알 것도 같았고."

태승이는 다른 사진들도 보여 주었다. 드래그 퀸 맴버들과 함께 뉴욕 거리를 걷거나 쇼핑을 하는 모습이었다.

"네가 너무 자랑스럽다."

"네 덕분이야, 박춘란."

"무슨 소리야?"

나는 깜짝 놀랐다. 전혀 짐작도 하지 못했던 말이었다. 태승이가 진지한 표정으로 말했다.

"애들이 나를 아무리 게이라고 놀려도 난 아무렇지도 않았어. 게이가 뭐 어때서? 게이는 사람 아닌가? 괴롭힘은 힘들었지만 그건 참으면 됐어. 시간은 흘러갈 테고 언젠가는 학교를 졸업할 테니 그때까지 참고 견디자고 생각했지."

참고 견디는 것에 대해서라면 나도 자신 있다. 초등학교 때부터 고3을 앞둔 지금까지 그 길고 긴 시간을 참고 견디고 있으니까.

"나에게 종교가 있어서 견딜 수 있었어."

"종교?"

"마음교. 내가 창시한 종교야. 마음교의 특징은 각자가 교주이자 신도라는 거지. 인간에게는 모두 마음이라고 하는 우주가 있어. 그 우주는 모든 것을 만들어 내. 나도 너도 이 세상 모든 것들, 공기, 물, 바람 같은 것들도. 난 항상 그 우주를 들여다봐. 그럼 보여."

"뭐가 보이는데?"

"내가 어떤 사람인지. 내 기분이 어떤 상태인지. 그걸 알면 내가 어떻게 그 상황에 대처해야 하는지를 알게 돼."

"예를 들면?"

"남자애들이 나한테 생리대를 차라고 했을 때 내 기분을 들여다봤어. 가장 얄팍한 내 마음이 분노라고 알려 줬어. 그다음으로 내려갔더니 부끄러움이라고 알려 주더라고. 그래서 더 깊이 심연까지 들여다봤지. 그랬더니 너는 생리를 하지 않으니까 분노하거나 부끄러워할 필요가 없다고 하더라. 그래서 정말 아무렇지도 않게 됐어. 오히려 날 괴롭히고 놀리는 아이들이 가련해 보였지. 얼마나 스스로의 삶이 시시하고 재미없으면 남을 괴롭히는 것에서 재미를 찾을까 하고 말이야."

나는 태승이의 말에 빠져들었다. 태승이는 계속 말했다.

"마음교는 어떤 끔찍한 상황에서도 나를 구해 줬어. 심연까지 들어가 진실된 나 자신과 만나는 순간 세상에 있는 고통이나 괴로움 따위는 아무것도 아니라는 걸 알게 됐지."

"어떻게 아무것도 아닐 수가 있지?"

태승이가 내 얼굴을 가만히 들여다보았다.

"마음교 교주님이 보시기에 넌 연애가 끝난 것 같은데…… 맞니?"

역시 교주님답군. 나는 고개를 끄덕였다. 태승이가 말했다.

"연애는 끝났지만 사랑이 끝난 건 아냐."

"연애와 사랑이 뭐가 다른지 모르겠어."

"다르지."

"어떻게?"

"연애는 다른 사람과 하는 거고 사랑은 네 자신과 하는 거야. 마음교에서는 연애와 사랑을 철저히 구분해. 연애는 마음의 표면을 차지하고 있어. 그 마음속으로 더 들어가 보면 심연에는 사랑이라는 감정이 고스란히 자리 잡고 있지. 사랑은 분노, 죄책감, 절망, 후회 같은 온갖 나쁜 감정이 모두 사라진 뒤에 남는 정제된 감정이야. 완전 진액이랄까? 그 감정은 온전히 네 거야. 그러니까 소중한 거지. 넌 그 소중한 감정을 단 한 번 썼을 뿐이야. 앞으로 무궁무진하게 쓸 일이 생길 거야."

카페 문을 열고 들어오는 사람들이 11월의 찬 바람을 묻히고 들어왔다. 카페에 은은하게 퍼져 있던 커피 향은 문이 열릴 때마다 출렁거렸다. 서로 마주 보고 앉아 다정하게 소곤대는 커플들, 창가 자리에 혼자 앉아 유리창으로 들어오는 따듯한 햇빛을 받으며 노트북을 들여다보는 사람들 사이로 음악이 낮고 느리게 흘렀다. 나는 태승이 말에 위로받고 있었다. 마음이 더할 나위 없이 평온했다.

우리 사이에는 아직 해결해야 할 문제가 남아 있었다.

태승이에게 물었다.

"그날 설마 나 때문에 학교 그만둔 건 아니겠지?"

태승이 얼굴이 굳어졌다. 미간을 약간 찌푸리며 어깨를 들썩였다. 어색해하는 몸짓이었다. 태승이는 아직도 그날 왜 학교를 뛰쳐나가 돌아오지 않았는지 말하지 않았다.

잠시 생각에 잠겨 있던 태승이가 다시 한번 어깨를 들썩이고 나서 말했다.

"늦었지만 이 자리를 빌려 너의 첫 키스를 망친 것에 사과하고 싶다. 진심으로 미안합니다."

태승이가 손바닥을 합장한 뒤 고개를 숙였다.

"피차일반입니다. 나도 미안했습니다."

나도 태승이처럼 합장한 뒤 고개를 숙였다. 아무리 무겁고 힘들었던 시간이라도 깃털처럼 가벼워지는 날이 온다. 오늘처럼.

태승이가 웃음기가 사라진 얼굴로 말했다.

"너하고 강제로 입을 맞추던 그 순간, 네 눈빛에서 읽어 버리고 말았어."

"뭘 읽었는데?"

"혐오."

"혐오? 세상에 맙소사. 난 그저 첫 키스를 망친 것에 실망한 것뿐이었어. 혐오라니 말도 안 돼."

나는 찡그린 얼굴로 고개를 마구 저었다. 태승이가 피식 웃었다.

"물론 넌 아니었겠지. 그런데 나에게는 그렇게 읽혔어. 아, 이 아이조차 날 혐오하고 있구나. 난 이제 설 곳이 없구나. 그렇게 생각했어. 아마 도망가고 싶었나 봐. 그런 내 마음이 너에게서 혐오를 읽은 거고. 학교를 뛰쳐나간 뒤 한동안 방황했어. 집에도 들어갈 수 없었어. 아빠가 알아 버렸거든. 아빠는 고등학교 선생님인데 교육자 집안에 나 같은 돌연변이가 있는 걸 부끄러워하셨지. 아빠 눈에 나는 정상인이 아니라 정신질환자였거든. 인터넷 카페에서 만난 드래그 퀸 형네 집에 얹혀살면서 이를 갈았지. 하하."

태승이가 웃는 틈을 타서 재빨리 말했다.

"서지우 은퇴한대."

얼마 전 서지우 은퇴 기사가 떴다. 어떻게 해서든 계속 활동해 보려고 자필 사과문도 올리고 기자회견을 하며 울고 무릎도 꿇었지만 한번 돌아선 사람들의 마음은 도저히 회복할 수 없었다. 앞으로 어마어마한 위약금을 물어야 하는 소송이 진행될 거라고 했다.

태승이는 의외로 담담했다.

"알아. 미국에서 뉴스 봤어."

"기분이 어때?"

"예전에 내가 했던 말 기억나? 인간은 모두 이기적이라서 자기 자신에게 유리한 쪽을 선택하게 돼 있다는."

"기억나."

"사랑도 결국 상대를 위해서 하는 게 아니라 자기 자신을 위해 하는 거야. 부모가 자식을 사랑하는 것도 마찬가지야. 희생이니 뭐니 남을 위해 봉사하는 것도 결국 자신의 만족을 위해서지. 그러니까 세상의 모든 중심은 바로 나 자신이야. 그래서 나 자신이 세상에서 가장 소중한 존재이기도 하고. 용서는 상대를 위해서 하는 게 아니라 나를 위해서 하는 거잖아. 아무리 주위에서 용서하라고 강요해도 내 마음이 용서를 허락하지 않는데 어떻게 용서를 해? 난 영원히 서지우를 용서하지 않을 거야."

우리는 말없이 차를 마셨다. 카페 분위기는 더할 나위 없이 평화로웠다. 온몸에 두드러기가 올라온다는 건 그동안 속에서 곪고 곪은 게 터진 거라며 태승이가 말했다. 그러니 뭐가 됐든 이제 끝이라고. 나에게 그 말이 무엇보다 위로가 됐다. 곪아서 터졌다는 건 곧 회복될 일만 남았다는 증거니까.

창밖으로 굵은 먼지 같은 것들이 휘날렸다. 먼지 덩어리는 허공에서 어지럽게 빙그르 돌기도 하고 춤추듯 너울거리기도 하면서 바닥으로 떨어졌다. 그런 먼지 덩어리가 점점 더 많아졌다.

"어, 눈이네!"

창밖을 무심코 보던 태승이가 감탄사처럼 내뱉었다. 나는 창가 쪽으로 달려가 밖을 내다봤다. 눈발이 어지럽게 흩날리고 있었다. 11월에 내리는 첫눈이었다.

51

"저기, 잠깐만."

학교에서 돌아와 내 방에 들어가려는데 부엌에서 저녁 준비를 하던 새엄마가 나를 불렀다. 새엄마가 나에게 다가와 등에서 뭔가를 떼어 냈다. 작은 종이였다.

"뭐예요?"

새엄마가 종이를 구겨 버렸다.

"아무것도 아냐."

"뭔데요?"

나는 새엄마 손에서 종이를 빼앗아 펼쳤다. 종이에는 큰 글씨로 '몸캠'이라고 써 있었다. 학교에서부터 등에 붙이고 온 것 같았다. 언제, 누가 등에 이런 종이를 붙였는지 알 수가 없었다.

새엄마가 심각한 얼굴로 말했다.

"잠깐 얘기 좀 하자."

우리는 식탁에 앉았다. 유담이는 거실에서 TV를 보고 있었고 전기밥솥에서는 찌지지직 밥 끓는 소리가 났다.

새엄마가 내 얼굴을 빤히 쳐다보며 물었다.

"너 온몸에 두드러기가 난 것도 이상하고, 암튼 수상해. 학교에서 무슨 일 있었니?"

"아무 일도 없어요."

새엄마가 나에게서 종이를 빼앗아 펴더니 식탁 위에 올려놓았다. '몸캠'이라는 글씨가 송충이처럼 종이 위에서 꿈틀거렸다.

"그럼 이건 뭔데?"

"몰라요, 나도."

"아무 이유 없이 이런 걸 왜 네 등에 붙이고 다녀?"

"몰라요."

"춘란아."

새엄마가 내 이름을 불렀다. 새엄마 입에서 나온 내 이름이 생전 처음 들어보는 이름처럼 낯설었다. 나는 고개를 숙인 채 말없이 듣고만 있었다. 새엄마가 말했다.

"나도 끼워 줄래?"

"네?"

"나도 끼워 줘, 네 삶에."

"무슨 말인지 잘 모르겠어요."

"마음의 문을 열고 나를 받아 달라는 말이야. 너 언제까지 그렇게 빗장을 꽁꽁 걸어 둘 셈인데? 난 이제 네 엄마야. 우린 뭐든 다 털어놓을 수 있는 관계라고. 너한테 무슨 일이 있는지 내가 알아야 하잖아. 알아야 도움을 주지."

그런 관계는 누가 만들었나? 내가 만든 관계는 아니다. 자신들이 만든 관계에 나를 억지로 끼워 넣었을 뿐. 설사 친엄마라고 해도 다 털어놓으라고 강요할 권리는 없다. 새엄마가 도움을 줄 수 있는 문제도 아니다.

새엄마를 생각하면 나란히 뻗은 다른 길을 같이 걷고 있는 장면이 떠오른다. 교차점이 없어 영원히 만날 수 없는 길.

나는 건성으로 대답했다.

"노력해 볼게요."

다음 날 학교에 갔을 때 내 책상에 붉은 사인펜으로 '몸캠' '레즈비언'이라고 적혀 있었다. 아이들이 나를 힐끔거렸다. 나는 물티슈로 책상을 박박 문질러 닦았다. 책상에 피처럼 붉은 얼룩이 생겼다. 휘익, 휘익. 누군가 휘파람을 불었다.

수업이 시작되기 전, 앞문이 열리면서 새엄마가 들어왔다. 너무나 자연스럽게 교실로 들어오는 바람에 담임으로 착각할 정도였다. 새엄마는 교탁 앞에 서더니 손바닥으로 칠판을 탁탁 두드렸다. 소란스럽던 교실이 갑자기 조용해졌다.

새엄마는 반 아이들을 천천히 둘러보았다.

"나 박춘란 엄마다. 오늘 할 말이 있어서 이렇게 왔다. 너희, 지금부터 내 얘기 잘 들어. 여기 있는 누구든 오늘 이후로 우리 딸 건드리거나 놀리면 내가 가만 안 둔다. 내가 지구 끝까지 찾아가서 복수할 거야. 우리 애가 당한 것보다 몇십 배, 아니 몇백 배로 갚아 줄 거다. 너희가 학교를 졸업하고 어디를 가든 내가 따라가서 알릴 거야. 대학에 들어가면 대학에 알릴 거고, 회사에 들어가면 회사에 알릴 거야. 결혼하면 남편이나 부인에게 알릴 거고, 자식 낳으면 자식들한테 니들이 어떤 짓을 했는지 낱낱이 다 알려 줄 거다. 쪽팔리겠지만 그땐 후회해도 늦겠지? 앞으로 우리 애 손끝 하나만 건드려 봐. 이런 거 다시 한번 우리 딸 몸에 붙이기만 해 봐."

새엄마는 손에 들고 있던 종이를 흔들었다. 목소리는 살짝 떨렸지만 한마디 한마디가 분명했고 강한 결기가 느껴졌다. 교실에는 숨소리조차 들리지 않았다. 새엄마는 소름 끼치도록 차가운 표정으로 '몸캠'이라고 쓴 종이를 박박 찢어 공중에 뿌렸다.

그러고는 찢은 종이를 다시 줍고 말했다.

"아침부터 소란 피워 미안. 오늘도 좋은 하루."

몇몇 남자아이가 환호성을 지르며 박수를 쳤다. 책상을 두드리는 아이도 있었다. 새엄마가 멋있다고 생각했다. 아빠에게서 보지 못했던 진짜 어른을 새엄마에게서 봤다.

새엄마가 아이들의 박수를 받으며 교실에서 나갔다. 여기저기서 웅성거리는 소리가 들려왔다. 앞자리와 옆자리 아이들이 나를 쳐다봤다. 앞자리에 앉은 아이가 씩 웃으며 나를 향해 엄지손가락을 번쩍 치켜들었다.

"똑똑."

누가 내 등을 치며 입으로 노크 소리를 냈다. 고개를 돌려 보니 김도희가 씩 웃는 얼굴로 나를 내려다보고 있었다.

"너희 엄마 좀 짱인 듯."

수업이 끝나고 집에 갔을 때 새엄마는 소파에 누워 있었다. 소파 안쪽에는 유담이가 인형을 끌어안고 잠들어 있었다. 새엄마가 소파에서 무거운 몸을 일으키며 물었다.

"밥은?"

"배고파요."

"그럼 우리끼리 먼저 먹자."

새엄마가 부엌으로 가더니 냉장고에서 반찬을 꺼내고 밥솥에서 밥을 펐다. 잠깐 뭔가 생각하더니 옆에 어정쩡하게 서 있는 나에게 물었다.

"비빔밥 먹을래?"

"네? 네."

새엄마가 커다란 양푼을 꺼내 밥을 쏟았다. 콩나물과 시금치, 열무김치를 넣고 고추장과 참기름을 넣어 쓱쓱 비볐다. 비비는 것만 보고 있는데도 입 안에 침이 고였다. 새엄마가 숟가락을 내밀었다. 우리는 말없이 함께 비빔밥을 먹었다. 아주 꿀맛이었다. 마지막 한 숟가락 정도가 바닥에 남았을 때 새엄마 눈치를 보며 말했다.

"드세요."

"네가 먹어."

"드세요."

"네가 먹으라니까."

결국 내가 지고 말았다. 나는 양푼 바닥을 박박 긁어 마지막 한 톨까지 숟가락에 쓸어 담았다. 숟가락에 묻은 고추장까지 삭삭 훑어 먹고 나니 배가 불렀다.

"저기요."

고맙다는 말이 목구멍까지 올라왔지만 입 안에서만 맴돌았다. 새엄마가 나를 빤히 쳐다보았다.

"고맙다고? 알면 됐어."

새엄마가 빙긋 웃었다. 나도 피식 웃음이 나왔다.

"아빠한테는 비밀로 해 주세요."

새엄마가 고개를 살짝 끄덕였다. 소파 쪽으로 간 새엄마가 유담이에게 이불을 덮어 주며 그 옆에 누웠다. 배가 많이 나와서 힘들어 보였다.

나는 용기를 내서 겨우 말했다.

"고마워요."

새엄마가 등을 돌린 채 유담이 가슴을 가볍게 토닥이며 말했다.

"고마우면 설거지하든가."

52

카메라가 밤하늘을 비췄다. 밤하늘을 한 바퀴 돌던 카메라가 아래로 내려와 모닥불을 비췄다. 장작이 활활 타고 있었다. 작은 불꽃들이 타닥타닥 소리를 내며 허공으로 날아올랐다가 짙푸른 공기 속으로 사라졌다.

카메라가 잠시 흔들렸다. 그러다 한 여자를 비췄다.

비쩍 마르고, 새까맣게 탄, 아주 조그만 여자가 카메라를 내려다보고 있었다. 어둠과 밝음이 절반쯤 섞인 공간에서 그 작은 여자가 어색한 표정으로 카메라를 응시하고 있었다. 여자는 카메라 각도를 이리저리 맞추고 초점을 맞췄다. 여자의 얼굴이 어둠 쪽에 더 가까이 있었다.

카메라가 고정됐다. 환한 모닥불 너머 희미한 어둠 속에서 여자가 어색한 표정으로 헛기침을 했다.

"흠흠."

여자는 카메라가 돌아가는데도 어색한지 몇 초 동안 아무 말도 하지 않았다. 모닥불이 요란하게 타오르고 있었다.

마침내 여자가 입을 열었다.

"여긴 라오스의 '므앙 응오이 느아'라는 곳인데 전기도 들어오지 않는 오지야. 우리나라 옛날 시골 같은 곳이지. 여기서 난 작은 식당을 하고 있어. 주로 관광객들을 상대하는데 요즘은 손님이 별로 없네."

여자가 어색한 헛기침을 또다시 두어 번 하더니 밤하늘을 한 번 올려다봤다. 그러다가 한동안 모닥불을 응시하더니 또다시 입을 열었다.

"핏덩이인 널 아빠한테 던지듯 맡기고 한국을 떠난 지 17년이나 됐어. 이유를 말하면 모두 다 변명이겠지만 그때의 난 너무 어렸고 한 생명을 태어나게 했다는 사실에 끔찍한 공포를 느꼈어. 그래서 도망쳤어. 아주 멀리 달아나고 싶었어. 공포가 없는 곳으로. 여기저기 떠돌아다녔지. 남태평양 섬에 있는 한 리조트에서 수영장을 관리하는 일을 한 적도 있었어. 난 남태평양을 좋아했거든. 그러다 태풍이 리조트를 집어삼키는 바람에 그곳을 떠나야 했지. 그러다 여기 정착한 거야. 벌이는 시원치 않지만 여긴 뭐랄까, 때 묻지 않은 곳이라 순수해서 좋아."

모닥불이 바람에 흔들렸다. 여자의 등 뒤로 수많은 별들이 박혀 있는 푸른색 밤하늘이 벨벳 커튼처럼 드리워져 있었다.

여자가 망설임 없이 말했다.

"2년 전 폐암 판정을 받았어. 이제 살날이 한 달도 남지 않았대. 네가 이 영상을 보게 될 때쯤 난 이 세상에 없을지도 모르겠다. 암에 걸렸다는 얘기를 들었을 때 제일 먼저 떠오른 사람이 바로 너야. 얼굴도 모르는 내 딸 춘란이. 널 버려서 천벌을 받는구나……. 널 만나 용서를 빌고 싶었어. 하지만 네가 날 원망하고 미워할까 봐 두려웠어. 그 두려움에 맞설 용기가 없었던 거야. 너에게 용서할 기회조차 주지 않은 난 나쁜 엄마야. 평생 용서하지 마. 그게 내가 받을 벌이니까 기꺼이 받고 갈게. 하지만 춘란아, 죽기 전에 너한테 꼭 하고 싶은 말이 있어. 내 딸 춘란이. 엄마가 많이 사랑해. 지금까지 살면서 단 한순간도 널 사랑하지 않은 적이 없었어. 떨어져 있다고 사랑하지 않은 건 아니야. 하늘에서도 널 사랑하고 있을게. 우리 하늘에서 다시 만나면, 그때는 엄마와 딸로 행복하게 살자."

여자는 잠시 말을 멈췄다. 작고 까맣고 조그마한 여자의 어깨가 흔들리는 모닥불 저쪽에서 가느다랗게 흔들렸다. 모닥불에서 나온 불꽃이 불꽃놀이를 하듯 사방으로 튀었다. 잠시 침묵하던 여자가 목멘 소리로 말했다.

"그럼, 안녕."

여자는 카메라에 녹화된 영상이 담긴 USB를 노르웨이에서 온 관광객 앨런에게 건네주었다. 레게머리를 하고 붉은 피부를 한 앨런은 여자가 건네주는 USB를 지갑에 고이 넣었다. 여자는 보답의 선물로 자신이 직접 짠 푸른색 목도리를 선물로 주었다.

앨런은 목에 목도리를 두르고 보트를 탔다. 도시로 나가면 호텔방에 가서 이 USB에 든 영상을 메일 주소로 전송하기만 하면 되었다. 보트는 물살을 가르며 빠른 속도로 메콩강 위를 달렸다.

앨런은 여행 마지막을 기념하기 위해 보트 갑판에 서서 사진을 찍었다. 멀어져 가는 므앙 응오이 느아를 배경으로 브이 자를 그리며 셀카를 찍어 댔다. 앨런은 셀카 찍는 데 너무 심취한 나머지 주머니 속에 들어 있는 지갑이 강에 빠지는 것도 몰랐다. 지갑을

삼킨 메콩강은 하얀 포말을 일으키며 멀어져 갔다.

 여자가 남긴 영상은 끝내 전송되지 못하고 강바닥에 가라앉았다. 지금도 므앙 응오이 느아로 가는 메콩강 어디쯤 여자가 남긴 유언이 가라앉아 있을 것이다.

53

 신비네 집에는 두 번 다시 가고 싶지 않았다. 하지만 이 방법밖에 없었다. 신비는 도저히 계정을 폭파할 생각이 없는 것 같았다. 오히려 점점 더 노골적인 사진을 올렸다.

 경비 아저씨 몰래 단지 안으로 들어갔다. 공동현관 앞에서 기다렸다가 안에서 사람이 나왔을 때 재빨리 들어갔다.

 신비네 집까지 올라가는 엘리베이터 안에서 심호흡을 깊게 했다. 너무나 긴장돼서 기절할 것 같았지만 심호흡을 몇 번 하자 한결 숨쉬기가 쉬워졌다.

 신비네 집 현관 앞에서 초인종을 눌렀다. 잠시 후 문이 열리고 신비가 나왔다. 신비는 나를 보자 기절할 것처럼 놀랐다.

 "뭐야?"

 열린 문으로 실내가 보였다. 밝고 따스한 주황색 불빛이 새어 나왔고 좋은 냄새가 났다. 멀리 보이는 부엌 식탁에는 가족이 모여 앉아 저녁 식사를 하고 있었다. 그렇게 보기 힘들다던 신비네 언니도 있었다.

나는 신비를 밀치고 안으로 들어갔다.

"너 말고 너희 부모님한테 할 말이 있어서 왔어."

신비가 내 손목을 잡아끌었다.

"왜 이래? 나가."

나는 두 다리에 힘을 주고 버텼다.

식탁 앞에 앉아 있던 신비네 식구들이 일제히 현관 쪽으로 고개를 돌렸다. 신비네 엄마인 듯한 여자가 의자에서 일어나 현관 쪽으로 걸어왔다. 신비 얼굴이 점점 사색이 됐다.

"무슨 일이니?"

신비가 재빨리 내 앞을 가로막았다.

"아무것도 아니에요, 엄마. 내 친군데 뭐 빌려달라고 왔어요."

나는 신비를 밀치고 앞으로 나갔다.

"드릴 말씀이 있습니다."

여자가 나를 빤히 쳐다보았다. 머리카락을 곱게 빗어 넘기고 새하얀 원피스를 입고 있는, 다소 마른 몸에 신경질적인 인상을 풍겼다. 여자 이마에 핏대가 섰다.

"올라와."

나는 신발을 벗고 안으로 들어갔다.

식탁에 있던 식구들이 거실로 왔다. 신비 아빠와 엄마, 언니가 긴 소파에 앉고 나는 일인용 소파에 앉았다. 신비는 사색이 된 얼굴로 긴 소파 뒤에 서 있었다.

신비 식구들은 교양과 품위를 갖춘 상류층 사람들 같았다. 앉아 있는 자세도 한 점 흐트러짐이 없었다. 그분들은 진지한 자세로 내 이야기를 들었다. 내가 휴대폰에서 '봄란에는 혀가 없어요' 계정을 열어 사진들과 그 밑에 달린 댓글들을 보여 줄 때도 전혀 자세가 흐트러지지 않았다. 심지어 표정도 내가 들어올 때와 똑같았다. 너무 담담해서 오히려 내가 당황할 정도였다.

"그래서? 네가 원하는 게 뭐니?"

이야기를 다 듣고 난 여자가 물었다. 아빠로 보이는 남자는 내가 건네준 휴대폰을 계속 들여다보고 있었고 언니는 자신의 휴대폰으로 '봄란에는 혀가 없어요' 계정을 검색했다.

신비 얼굴을 보지 않으려고 했지만 소파 뒤에서 안절부절못하는 모습이 보였다.

"제 앞에서 계정을 폭파하는 거요. 신비 사진첩에 있는 제 사진도 모두 다 삭제하고요."

그러자 남자가 자리에서 일어나 신비에게 갔다. 신비 얼굴이 파랗게 질렸다.

"당장 삭제해."

신비가 덜덜 떨리는 손으로 휴대폰을 들고 이것저것 눌렀다. 잠시 후 언니가 말했다.

"계정 삭제됐어요."

남자가 신비에게 손을 내밀었다.

"내놔."

신비가 휴대폰을 남자에게 건네자 남자는 갑자기 휴대폰을 벽으로 집어 던졌다. 휴대폰은 대리석 벽에 부딪혀 산산조각이 났다.

이번에는 여자가 신비에게 다가갔다. 신비는 아까보다 더 심하게 떨고 있었다. 여자가 갑자기 신비 뺨을 때렸다. 이쪽 뺨, 저쪽 뺨 연달아. 신비의 양쪽 뺨이 금세 빨갛게 부풀어 올랐다.

여자가 나에게 다가왔다. 끔찍하게 차가운 얼굴로.

"우리가 자식 교육을 잘못시켰구나. 내가 대신 사과하마. 미안하다. 보상을 원한다면 얼마든지 말하렴. 대신 이 일은 절대 밖에서 발설하지 않는 걸로 해 다오."

나는 아무것도 필요 없다고, 이 일은 절대 어디에서도 발설하지 않겠다고 말했다.

여자가 말했다.

"지금 현금이 없어서 그런데 계좌번호 불러 주겠니? 그동안 네가 받은 정신적인 피해를 돈으로 보상할 순 없겠지만 그래도 성의라도 표시해야 우리 마음이 편할 거 같아서 그래."

나는 단호하게 대답했다.

"괜찮습니다."

남자가 말했다.

"계좌번호 불러라. 그래야 나중에 뒷말이 없지."

나는 최대한 공손하게 말했다.

"각서라도 써 드릴까요?"

신비는 소파 뒤에서 고개를 숙인 채 꼼짝도 하지 않고 서 있었다. 나는 그곳에 1초도 더 있고 싶지 않았다. 머리 숙여 인사를 하고 현관으로 내려가 신발을 신으려는데 여자가 맨발로 현관까지 내려와 문을 열어 주었다.

"조심해서 가라."

내 뒤에서 육중한 현관문이 닫혔다. 그 문은 한 세계와 또 다른 한 세계를 나누는 문이었다.

54

고3이 되면서 내 이름은 박춘란에서 박유진이 됐다. 좀처럼 유진이라는 이름에 익숙해지지 않았다. 평생을 춘란으로 살아왔는데 어느 날부터 갑자기 유진으로 살아간다는 게 그리 쉬운 일은 아니었다. 이름에 익숙해지기 위해 공책에 박유진이라는 이름을 오천 번쯤 썼다.

유진으로 살기 시작하면서 많은 것이 바뀌었다. 인디밴드 음악 대신 남자 아이돌 그룹에 빠졌다. 어느 날 TV에서 아이돌 그룹

베리베리가 춤추고 노래하는 것을 보고 신세계를 발견한 것만큼이나 큰 충격을 받았다. 그 즉시 베리베리 팬이 되고 말았다. 난생처음으로 아이돌 그룹 팬카페에 가입해서 굿즈도 구매했다.

가요 프로그램을 하는 날에는 유담이와 TV 쟁탈전을 벌였다. 유담이가 좋아하는 어린이 프로그램 할 시간에 하필이면 가요 프로그램이 나왔다. 유담이는 리모컨을 절대 사수했고 나는 리모컨을 빼앗기 위해 별의별 방법을 다 써야 했다. 보다 못한 새엄마가 잔소리를 했다.

"유진아. 베리베리 오빠들 보는 것도 좋지만 이제 대입에도 신경 써야지?"

새엄마의 잔소리는 날이 갈수록 늘었다. 잔소리가 듣기 싫어서 베리베리 오빠들 보는 것도 포기하고 내 방으로 도망쳤다.

고3 교실은 고2 교실과는 전혀 달랐다. 아이들은 조용했고 교실에는 어떤 비장한 공기마저 고인 듯했다. 반 아이들 중 누구도 나를 박춘란이라고 부르지 않았다.

박춘란으로 살았던 때를 생각하면 슬픔이라는 단어가 떠오른다. 그 시절의 내가 가련해서가 아니라, 다시는 그때로 돌아갈 수 없다는 그리움 때문일지도 모른다. 앞으로 또 누군가를 그렇게 뜨겁게 사랑할 수 있을까?

쉬는 시간에 복도를 걷고 있는데 낯익은 얼굴이 내 앞을 가로막았다. 김도희였다. 잊고 있었는데 찐빵 같은 얼굴을 보자 반가워서 먼저 알은체를 할 뻔했다.

　김도희가 특유의 뚱한 표정으로 말했다.

"오랜만이다."

"그래."

"개명했다며?"

"응."

"잘했네. 이제부터 박유진으로 부르면 되냐?"

"그래 주면 고맙고."

"박유진 너 우리 동아리에 들어와라."

　김도희가 종이 한 장을 내밀었다. 종이에는 '슈뢰딩거의 고양이에 초대합니다'라는 제목이 적혀 있었다. 고1 때도 가입하지 않았던 동아리였다. 고3한테 동아리에 들어오라는 게 제정신인가?

"싫어."

"아무나 받아 주는 동아리 아니다."

"아무튼 싫어."

　내가 교실로 들어가자 김도희가 막무가내로 따라왔다. 한번 물면 놓지 않겠다는 의지가 보였다.

　동아리에 가입하지 않을 이유를 스물여섯 가지쯤 댈 수 있지만 공부해야 한다는 단 한 가지 이유를 들어 거절했다. 김도희는 공부에 절대 방해가 되지 않으며 오히려 공부로 인한 스트레스 해소에 좋은 동아리니까 와서 보면 생각이 달라질 거라고 왕소금 같은 침을 튀겨 가며 말했다.

김도희는 끈질기게 나를 쫓아다녔다. 화장실에 들어가면 밖에서 기다렸다가 가입 신청서를 내밀었다. 급식실에서도 옆자리에 앉아 있다가 슬며시 가입 신청서를 밀었다. 역시 무시했다. 사물함을 열어 보면 가입 신청서가 있었고, 책상 서랍에 손을 넣으면 가입 신청서가 손에 잡혔다. 정말 지긋지긋했다.

자율학습이 끝나고 밤늦게 교문을 나오는데 교문 앞에서 김도희가 기다리고 있다가 나를 따라왔다. 무시하고 걸어가는데도 계속 따라왔다. 나는 도저히 못 참고 소리치고 말았다.

"가입 어떻게 하면 되는데?"

김도희가 가입 신청서를 내밀었다.

"일단 오리엔테이션 날짜가 정해지면 알려 줄게."

나는 김도희가 내민 동아리 가입 신청서에 이름을 적었다.

오리엔테이션이라는 거창한 말을 썼지만 초라하기 짝이 없는 모임이었다. 대여섯 명의 아이들이 비좁은 공간에 옹기종기 앉아 있었는데 동아리방이라기보다 창고라는 이름이 어울리는 곳이었다. 2층으로 올라가는 층계 밑에 있는 작은 방으로 구석에 있는 문이 떨어져 나간 캐비닛에 쓰레받기와 빗자루, 대걸레 같은 청소 도구들이 처박혀 있었다. 퀴퀴한 곰팡이 냄새도 났다.

남자아이가 네 명이었고 여자아이는 김도희를 포함해 두 명이었다. 내가 들어가자 문 옆에 앉아 있던 남자아이가 일어나서 자기가 앉던 의자를 내주었다. 내가 한사코 거절했는데도 자기는 서 있는 게 편하다면서 의자를 나한테 권했다.

김도희가 동아리의 대표인 것 같았다. 어울리지 않게 엄숙한 표정으로 회의를 시작했다.

"오늘 신입 회원이 가입했습니다. 이름은 박유진. 내 중학교 동창이기도 합니다. 제가 삼고초려 끝에 우리 동아리에 영입했습니다. 이 친구 신분은 내가 보장합니다. 자, 모두 박수로 환영합시다."

회원들이 나를 보며 박수를 쳤다. 얼떨결에 일어나 허리 숙여 인사를 하고 말았다.

김도희가 나에게 의자를 내주고 서 있는 남자아이에게 말했다.

"총무님께서 우리 동아리에 대한 브리핑을 하시겠습니다."

회원들은 진지했다. 총무가 근엄한 얼굴로 말했다.

"우리 동아리의 이름은 '슈뢰딩거의 고양이'입니다. 아마 슈뢰딩거의 고양이에 대해서 모르시는 분은 없을 겁니다. 슈뢰딩거가 코펜하겐학파의 양자역학 이론을 비판하기 위해 한 실험이죠. 요즘은 문학이나 예술 쪽에서 혼란스러움이나 애매모호함의 상징으로 주로 쓰이고 있습니다. 바로 우리 동아리가 지향하는 지점이기도 합니다. 세상에는 이론으로는 설명이 가능하지만 실제로는 설명이 불가능한 일들이 많습니다. 우리 동아리는 그런 문제들을 파헤쳐서 연구하고 함께 의견을 나눕니다. 우리는 이 세상에 일어나는 일들에 대해 끊임없이 의문을 가져야 합니다. 잘못된 이론이나 불합리한 것들은 끈질기게 추적하고 연구해서 제대로 된 이론을 만들어 내야 하고 바로잡아야 합니다. 지금보다는 더 나은 세상, 더 나은 삶을 만들자는 게 우리 동아리의 목표입니다. 지난 2년 동안 우리 동아리가 한 활동은 실로 눈부실 정도입니다. 첫 번째로 한 일이 '1인 1묘비명 갖기' 운동이었습니다. 작게는 우리 동아리에서 시작된 이 운동이 전교로 번져서 학과 시간에 정식으로 채택된 적도 있습니다. 자, 이쯤에서 여러분이 정한 자신의 묘비명을 발표해 주시겠습니까?"

총무는 의식의 흐름대로 말했다. 갑자기 묘비명을 발표하라니. 1학년 때 국어 시간에 자신의 묘비명을 적어 보라는 과제를 내 준 적이 있었다. 그게 이 동아리가 제안했기 때문이라니, 아무튼 놀라웠다.

김도희가 말했다.

"내 방에 아무도 들어오지 마시오."

분위기가 숨이 막힐 정도로 진지했지만 나는 하마터면 소리 내 웃을 뻔했다. 큭 소리가 나오는 입을 손으로 틀어막았다.

그 옆에 앉아 있던 남자아이가 말했다.

"나는 태어나지 않았다. 나는 죽지 않았다. 다만 지구에 잠시 왔다 갔을 뿐이다."

이번에도 웃음이 나오려는 것을 꾹 참았다. 개그 동아리가 아넌가 하는 착각이 들 정도였지만 역시 모두들 진지했다. 앉아 있는 순서대로 자신의 묘비명을 발표했다.

"잘 사는 게 최고의 복수다."

"틀린 삶이 어딨어?"

"다 쓰고 죽어라."

이번에는 총무 차례였다. 총무가 준비된 원고를 읽듯 술술 말했다.

"나 황민찬은 용감하고 신중하게 한평생을 살다가 꿈꾸었던 모든 것을 이루고 이곳에 편안하게 잠들었다. 참 좋은 삶이었다."

개그가 다큐가 되는 순간이었다. 총무의 진지한 묘비명에도 놀랐지만 이름을 듣고 더 놀랐다. 민찬은 내가 좋아하는 베리베리 그룹의 멤버 중 한 명의 이름이었다.

"이번에는 신입 회원님의 묘비명을 듣겠습니다."

모두가 나를 쳐다보았다. 고1 때도 묘비명 과제 때문에 밤새 고민한 적이 있었다. 그때 써 갔던 묘비명은 '태어나지 말 걸 그랬어'였다. 묘비명을 발표하자 아이들이 웃던 기억이 난다. 이 엄숙한 자리에서 다시 그 묘비명을 말하고 싶지는 않았다.

김도희가 나를 구해 줬다.

"지금 이 자리에서 갑자기 묘비명을 생각해 내라는 건 좀 무리 같습니다. 총무님, 동아리 오리엔테이션이 끝났으면 회의 진행해도 되겠습니까?"

'슈뢰딩거의 고양이'는 허무맹랑 동아리라는 말이 더 적합한 곳이었다. 회원들은 둘러앉아 저마다 허무맹랑한 안건을 내놓았다.

- 빨래를 하고 나면 양말이 왜 한쪽씩 없어지는지 조사해 볼 필요가 있음.
- 나이 먹어도 꼰대 되지 않는 법 연구.
- 인생 살다 보면 부질없다고 생각되는 것 모아 보기.

우리는 일주일에 한 번씩 모여 세상 잡다한 문제를 토론하고 연구하고 발표도 했다. 회원들은 서로 가깝지도 않고 멀지도 않았다. 교내에서 만나면 알은체하지 않을 정도로 적당한 거리를 유지하다가 동아리방에 모이면 사뭇 진지해져서 열변을 토하거나 상대의 이야기에 귀를 기울였다.

고달픈 고3 수험생 생활 동안 '슈뢰딩거의 고양이'는 나에게 해방구 같은 곳이었다. 동아리에서는 세상의 온갖 복잡한 문제를 연구했지만 머리가 아픈 게 아니라 복잡한 머리가 풀리는 마법 같은 시간을 보냈다.

김도희는 내가 알고 있는 아이 중에서 가장 특이했다. 중학교 때부터 같은 학교에 다녔지만 도무지 친해지지가 않았다. 결정적인 순간에는 내 앞에 나타나 온갖 참견을 다 했지만 나에게 아무 일도 일어나지 않을 때는 아무리 눈을 씻고 찾아봐도 보이지 않았다. 일주일에 한 번 동아리 모임에서나 겨우 얼굴을 볼 수 있었다.

두 번째로 이상한 아이가 바로 총무 황민찬이었다. 민찬이와는 신기할 만큼 자주 마주쳤다.

복도에서, 등굣길에서, 급식실에서, 심지어 학교 앞 문구점에서조차 마주쳤다. 하루에 적어도 열 번 이상은 만났다. 그리고 나를 볼 때마다 민찬이는 손을 흔들거나 미소를 짓거나 고개를 까딱 흔드는 등의 알은체를 했다.

민찬이와 처음에 어떤 계기로 같이 다니게 됐는지 기억나지 않는다. 비가 오는 초여름 어느 날 우산이 없어 발을 동동 구르고 있는데 뒤에서 민찬이가 불쑥 나타나 우산을 씌워 준 날이었나, 야간 자율학습이 끝나고 집이 같은 방향이라서 함께 걸어가던 그날이었나, 아니면 동아리 모임 때 쓸 보고서를 민찬이와 복사하러 가던 날이었나. 뭐 아무튼 우리는 함께 다니게 됐다. 그렇다고 민찬이에게 좋아하는 감정이 생긴 건 아니었다. 우연이 여러 번 겹치면 필연이 된다는 말처럼 민찬이와 여러 번 우연히 만나다 보니 같이 다니게 되었고, 친구 아닌 친구 같은 사이가 되어 버렸다.

민찬이를 만날 때 설렘이라고는 전혀 없었다. 아무래도 내 마음속 열정은 신비가 모두 다 가져가 버린 모양이었다. 떨어져 있어도 보고 싶지 않았고 힘들지도 않았다. 대신 만나면 반갑고 같이 있으면 편안했다.

민찬이는 DNA에 미쳐 있었다. 대화의 90퍼센트가 DNA에 관한 내용이었다. DNA에 관한 책을 한 권 쓸 수 있을 정도로 지식이 해박했다. 처음에는 민찬이의 DNA 얘기가 지루했는데 듣다 보니 흥미로웠다.

"사람 몸속에 있는 DNA를 일직선으로 이으면 길이가 얼마나 되는지 알아? 놀라지 마. 무려 1000억 킬로미터. 태양과 지구 사이를 300번 오갈 수 있는 길이야."

놀라지 말라고 했지만 놀라고 말았다. 내 몸속에 있는 DNA 길이가 그 정도로 길다니. 인간이란 끔찍하면서도 대단한 존재군, 하고 생각했다.

"근데 그거 아냐?"

"뭐?"

"모든 인간의 DNA 속에는 사랑 유전자가 들어 있다는 거."

금시초문이었다. 민찬이는 미토콘드리아를 설명할 때처럼 진지한 얼굴로 말했다.

"태어나서 사랑을 못 해 본 사람은 단 한 사람도 없잖아. 부모님을 사랑하고 동물을 사랑하고 친구나 연인을 사랑하는 것처럼 누구나 한 번쯤은 사랑을 경험해. 내가 생각해 봤는데 결론은 결국 DNA에 있었어. DNA에 사랑을 관장하는 어떤 물질이 있는데 그 물질이 아니면 사랑이라는 감정이 계속 생겨나는 걸 설명할 수가 없어. 난 앞으로 사랑이라고 하는 감정을 관장하는 DNA를 연구할 거야. 아마 노벨상을 타지 않을까?"

웃어야 할지 말아야 할지 웃음 포인트를 잡지 못하겠는 민찬이의 말. 그래도 나는 민찬이를 신뢰한다. 민찬이가 하는 말은 모두 옳다.

새엄마가 아기를 낳았다. 머리가 참외를 닮은 남자 아기였다. 이로써 우리 가족은 여자 셋, 남자 둘이 됐다. 아빠는 먹여 살릴 식구가 늘었다고 불평했지만 눈과 입은 활짝활짝 웃고 있었다. 유담이는 내년이면 초등학교에 입학한다. 이제 동생도 생기고 학교에도 들어간다면서 의젓하게 누나 흉내를 내고 다닌다.

막냇동생 이름은 유이로 지었다. 유진, 유담, 유이는 서로 다른 유전자를 갖고 있지만 '유' 자 돌림이라는 공통점이 있다.

집 안은 하루도 조용할 날이 없었다. 유이는 잘 먹고 잘 자고 잘 울고 잘 쌌다. 집은 늘 유이 울음소리로 시끄러웠고 아기용품이 정신없이 어질러져 있었다. 매일 가스레인지에서 분유통이 푹푹 삶아졌고 아기 빨래가 거실에 가득 널렸다. 문을 열고 들어가면 집에서는 늘 정체불명의 달큰한 냄새가 났다.

예전의 고요했던 집이 가끔씩 그리울 때도 있다. 특히 한밤중에 유이 우는 소리 때문에 잠을 못 잘 때는 더 그렇다. 불과 1년 전까지만 해도 상상할 수 없었던 풍경이다. 집은 시끄럽고 정신없고 무질서하지만 다시 그때로 돌아가라고 한다면 내 대답은 '노(No)'다. 지금 이 가족이 없는 삶은 상상할 수 없으니까.

미뤄 둔 숙제를 끝낸 것처럼 내 묘비명을 지었다.

사랑에 진심이었던 사람 여기 잠들다.

작가의 말

고등학교 2학년이 되고 얼마 지나지 않았을 때였다. 갑자기 한 여자아이가 눈에 들어왔다. (이름을 P라고 해 두자.)

마른 몸, 길고 가느다란 팔과 다리, 유난히 흰 피부, 반곱슬의 짧은 머리, 그 머리 뒤로 보이는 희고 긴 목덜미.

여느 여학교에서나 볼 수 있는 중성적인 이미지를 가진 평범한 아이였다.

P를 본 그 순간부터 좋아하는 감정이 생겨 버렸다. 물이 차오르듯. 천천히 차오른 게 아니라 교통사고처럼 갑자기. 나로서도 어쩔 수가 없었다. 하루 종일 내 눈은 P를 향하고 있었다. P의 일거수일투족을 숨죽이고 몰래 훔쳐보았다. 내 감정을 아무에게도 들키지 않으려고 무진 애쓰면서.

좋아한다는 감정과 사랑한다는 감정의 혼란 속에서 내 고통은 극에 달했다. 누구를 사랑하는 게 이렇게 고통스러운 거라면, 차라리 사랑하지 않는 편이 훨씬 나을 것 같다고 밤마다 울면서 일기장에 썼다.

  인간은 지극히 이기적인 존재라서 무조건 자기에게 유리한 쪽을 선택하게 돼 있다. 그때의 나도 그걸 알고 있었다. P에게 향하는 마음이 깊어질수록 고통스러웠지만, 나는 기꺼이 그 고통을 선택했다. 그 편이 나에게 더 이롭다고 생각했던 걸까, 아니면 그 고통을 선택하지 않을 방법을 몰랐던 걸까?

  1년 내내 P로 인해 내 마음은 하루에도 수십 번씩 극과 극을 오갔다. 나중에는 감정이 너덜너덜해져서 수습이 불가할 정도였다. 할 수만 있다면 우주의 먼지처럼 사라지고 싶었다. 어떻게든 그 감정의 고리를 끊어야 했다. 그렇게 하지 않으면 내가 죽을 것만 같았다.

  2학년이 끝나갈 때쯤 작품 속 춘란이처럼 나도 편지를 써서 P의 책상 서랍 속에 넣었다. (그 떨리던 심정을 고스란히 이 작품에 옮겼다.) 그 당시 헤르만 헤세에게 심취해 있던 나는 편지에 데미안을 불러냈다.

'나에게 넌 싱클레어의 데미안이야.'

편지를 보내고 난 뒤, 거짓말처럼 P에게로 향하던 감정이 식었다. 그리고 비로소 평소의 나로 되돌아왔다. 극한의 전쟁터에서 살아 돌아온 것처럼 모든 게 평온했다. 그리고 오랜 세월이 흐른 지금 평온하다는 것이 결코 좋은 상태가 아니라는 것을 알게 되었다.

'사랑'에 관한 이야기를 써 보고 싶었다. 수십 년 전의 기억 속에 묻어 뒀던 그날의 떨림을 꺼내 그때의 감정이 진짜 사랑이었는지 들여다보고 싶었다. 하지만 아직도 모르겠다. 그 감정이 무엇이었는지를. 왜 그토록 강렬한 감정에 사로잡혔는지도. 여전히 사랑이 뭔지 모르지만(아마 영원히 모르지 않을까?) 작품 속 태승이의 말처럼 연애가 끝났다고 해서 사랑이 끝난 게 아니라는 것만은 알 것 같다.

  이 작품에는 여러 종류의 사랑이 나온다. 이성 간의 사랑도 동성 간의 사랑도 가족과 친구 간의 사랑도 모두 사랑이다. 그것이 어떤 종류의 사랑이든, 우리는 누구나 마음속에 사랑이라는 싹을 틔울 수 있는 씨앗 하나쯤은 갖고 있다는 걸 믿는다.

김선희

춘관의 계절
ⓒ 김선희, 2022

초판 1쇄 발행일 | 2022년 3월 2일
초판 2쇄 발행일 | 2022년 9월 20일

지은이 | 김선희
펴낸이 | 정은영
편   집 | 최수인 정사라
마케팅 | 최금순 오세미 공태희
제   작 | 홍동근

펴낸곳 | (주)자음과모음
출판등록 | 2001년 11월 28일 제2001-000259호
주   소 | 10881 경기도 파주시 회동길 325-20
전   화 | 편집부 (02)324-2347, 경영지원부 (02)325-6047
팩   스 | 편집부 (02)324-2348, 경영지원부 (02)2648-1311
이메일 | jamoteen@jamobook.com
블로그 | blog.naver.com/jamogenius

ISBN 978-89-544-4808-6(43810)

잘못된 책은 교환해 드립니다.
저자와의 협의하에 인지는 붙이지 않습니다.